昭光健康直通车

之 最新24式太极养生

金文泉 等 著

上海三联书店

图书在版编目(CIP)数据

最新24式太极养生/金文泉等著.－上海：上海三联书店，
2008.1
（昭光健康直通车）
ISBN 978－7－5426－2714－8

Ⅰ.最... Ⅱ.金... Ⅲ.太极拳－养生（中医）
Ⅳ.G852.11 R212

中国版本图书馆CIP数据核字(2007)第201654号

昭光健康直通车之——最新24式太极养生

著　　者/金文泉　等

责任编辑/戴　俊

装帧设计/**Metis**灵动视线

监　　制/研　发

出版发行/上海三联书店

　　　　（200031）中国上海市乌鲁木齐南路396弄10号

　　　　http://www.sanlianc.com

　　　　E-mail:shsanlian@yahoo.com.cn

印　　刷/北京中印联印务有限公司

版　　次/2008年1月第1版

印　　次/2008年1月第1次印刷

开　　本/787×1092　1/16

字　　数/150千字

印　　张/12

ISBN 978－7－5426－2714－8/G·894

定　价：28.00元

播种健康　　收获幸福

适者有寿　　仁者无敌

太极拳是一项很好的运动，要取得好的效果也要像其他运动一样做到"三有"和"三不"："有恒，有序，有度"和"不攀比，不争强，不过量"，才能事半功倍。研究表明，练太极拳能使老年人摔跤和骨折的发生率减少一半，并明显促进神经平衡和平衡功能的改善，希望广大群众都能喜爱这项中华养生文化的瑰宝。

洪昭光

07. 12. 24

序　言

　　拳术运动作为健身治病的手段在我国已有数千年的历史。太极拳是我国传统的健身项目，是宝贵的民族文化遗产。

　　太极拳的动作平衡缓和，复杂协调，松弛流畅，使肌肉运动和呼吸及意念的调整相互结合，做到动中取静，有其显著的特点，又因太极拳动作温和，没有精神及体力上的高度紧张，特别适合于中老年人及慢性病患者锻炼，故在康复医学中有特殊地位，是大众健身运动的最佳选择。

　　太极拳是一种有趣味的运动，练拳的时候，周身感觉舒适，精神焕发。由于情绪的提高，可以使各种生理活动活跃起来，对患有某些慢性病的人来说，情绪的提高更为重要，有益于使病人脱离病态心理。

　　练习太极拳时，随着机体的运动，加强了血液及淋巴的循环，减少了体内的淤血现象。练习时要求气沉丹田，由于呼吸的加深，从而促进了冠脉循环，也加强了心肌的营养。

　　太极拳作为一种武术运动形式，兼备有很强的武术与运动锻炼相结合的优点，它可以以音乐伴奏，增加参与兴趣。它动作柔和，速度较慢，便于入门，也便于逐步提高。特别是太极拳强调动作缓慢，很方便初学者模仿。边学边收到锻炼效果，有益于提高兴趣；太极拳动作细腻，有利于不断深入体会、琢磨，不断提高学习兴趣。

　　太极拳功架高低，用力大小，锻炼时间的长短与运动量有关，练习者可以根据自己的体质来选择。因此，太极拳不但便于初学者学习，也适合体弱，年老的人。即使是年老体弱有病，经常练习太极拳，也不会产生不良反应。对于身体强壮，或喜爱剧烈运动、需要运动量大的人，也能自我调节。太极拳真是人人适宜，个个可练。

　　太极拳的行拳条件简单，具有不受地点时间限制等优点。太极拳锻炼，不仅练拳者不受身体条件、年龄老少限制，而且，行拳不受场地、地点、时间、人数多少等限制，可以因地制宜，因时间而异，随时随地锻炼，十分方便。

　　简而言之，太极拳入门容易，深学有味；人人可练，简单方便。

　　本书是运动医学专家金文泉教授同杨雷、石峰共同编写，并在国家体委创编的24式太极拳基础上，进行了全新的诠释与讲解。

目　录

一、科学健身——太极拳

二、太极拳的奥秘

三、太极拳养生原理

四、24式简化太极拳

五、太极拳疗养百病，益寿延年

一、科学健身
——太极拳

（一）健康与亚健康

人人希望获得健康，什么才是真正的健康？我们怎样才能永葆青春？很多人并不太清楚。

1.什么是健康

世界卫生组织（WHO）在成立宪章中对健康的定义是："健康是身体上、心理上和社会适应等方面完美的状态，而不仅仅是没有疾病和虚弱。"真正的健康应当包括以下四个方面：

（1）身体健康。是指人体生理的健康，涵盖了无病、无伤、无残以及良好的体质和体能，其标准为：身体各器官、系统发育良好，无病理信息；体质健壮，功能正常；精力充沛，劳动效能良好；常规体检正常。

（2）心理健康。具有完整的人格，自我感觉良好；情绪稳定，有较好的自控、自律能力，能保持心理上的平衡；有自尊、自信、自爱和自知之明；在自己所处的环境中有充分的安全感；能保持正常的人际关系，且受到众人的信任和欢迎；对未来有明确的生活目标，能脚踏实地不断进取，有理想和事业上的追求。

（3）社会适应良好。是指人的生理、心理活动行为能适应当时当地错综复杂的环境变化；思想、作风、行为、表现，能为大家所理解和接受；与人一见如故，待人真诚。

（4）道德健康。主要是指不以损害国家、集体和他人的利益去满足自我的需要；有辨别善恶、真伪、荣辱、美丑等是非观念的能力；遵纪守法，能为他人和社会做好事，不做坏事。

2.健康十条

现代的健康概念应包含上述生理、心理、道德和适应四个层次。凡是能全部达到的人必然是以下"健康十条"的达标者。那么，你又做到了几条呢？

（1）精力充沛，能从容不迫地承担日常生活和工作的压力，而不感到过分紧张。

（2）处事乐观，态度积极，勇于承担责任，事无巨细从不挑剔。

（3）善于休息，睡眠良好，不易疲劳。

（4）应变能力强，能适应环境的各种变化。

（5）能抵抗感冒和一般性疾病。

（6）体重适当，身材匀称，站立时头、肩、臀位置协调。

（7）眼睛明亮，反应敏锐，眼睑不发炎。

（8）牙齿清洁无空洞，无疼痛，齿龈颜色红润，无出血。

（9）头发有光泽，无头屑。

（10）肌肉、皮肤富有弹性，走路、上下楼梯轻松有劲。

3.什么是亚健康

据调查统计，现代社会中完全符合"健康十条"的人群仅占人口总数的15%左右。学者们称这些健康人是"第一状态"；被确诊患有疾病属于不健康的人群也占15%左右，称之为"第二状态"；而介于健康和疾病之间的人群占70%，既非疾病也非健康的状态是"第三状态"。这个"第三状态"，就是人们常说的"亚健康状态"，也叫"亚健康"。

4.预防亚健康八大良方

亚健康的人很容易生病，但要是能注意保健，预防疾病，就能回归健康。以下八大良方是回归健康的有效措施。

(1) 均衡营养，做到营养的合理搭配；

(2) 保证足够的睡眠，睡眠占人类生命的三分之一，它是恢复和获得免疫力的最佳途径；

(3) 让心宽松，通过心理调节维持神经－内分泌的平衡；

(4) 了解生理周期，找出自己精力变化曲线，合理安排每项活动；

(5) 多晒太阳提神，特别是冬天的太阳，对处于精神萎靡状态，有忧郁倾向的人很有好处；

(6) 劳逸结合，张弛有度，不要一直处于高强度、快节奏的生活中；

(7) 午后打盹半小时，以保持精力；

(8) 合理安排科学健身，增强机体的抵抗力。

5.太极拳是脱离亚健康的捷径

现在练太极拳的人越来越多，其普及程度是越来越广泛。究其原因主要有两个方面。其一是太极拳缓慢松静，圆润有趣，男女老少体质强弱均可练习，适应面广；其二是功效全面，祛病强身，开发智慧，不易受伤，延年益寿。

太极拳的规范就是"六合一通"。所谓"六合"就是初级阶段的外三合（即手与足合，肘与膝合，肩与胯合）和中级阶段的内三合（即心与意合，意与气合，气与力合）。所谓"一通"就是高级阶段的以神贯通上述六合。做到行拳走势纯以意行，纯以神领，毫无滞点，顺畅自然地做到上下相随，内外如一。静中触动、动中有静。招招式式都能体现出中、松、圆、空、合，沉、稳、活、灵、畅的十字要诀。

其实太极拳练的就是在动态情况下，如何保持阴阳平衡的能力，太极拳是富有哲理性拳术，是头脑功夫，久练可练出一种高度的控制能力，练成后任何情况下，都能保持冷静沉着，头脑理智清醒，内外松静虚灵，不骄不躁，不急不怒，不感情用事。

太极之理和太极之法，堪称一把万能灵验的金钥匙。有了这把金钥匙，在生活中，就没有打不开的锁，就能不断提高人体素质，增强免疫功能。

练太极拳的人都说：这真是脱离亚健康的捷径。

（二）科学健身

1.什么是科学健身

"科学健身"是在我国推行《全民健身计划纲要》的实践活动中和体育科学研究的基础上提出来的。

科学健身，就是在了解并遵循人体自身活动及变化规律的基础上，采用科学方法和手段，在当代运动生理学与运动心理学的指导下，进行安全、有效的健身活动。从而不断提高人体的健康素质。

很显然,"三天打鱼,两天晒网"不行,盲目蛮干式的健身法,会发生运动损伤,造成危险更不行。

2.科学健身的五项基本原则

按运动科学的客观规律,实施科学健身,必须严格遵循以下五大原则:

(1) 循序渐进原则。是指学习健身技能和方法时,要由易到难,由简到繁;安排运动量时,要由小到大,由弱到强,逐渐增加,以身体适应为标准。只有坚持长期锻炼,才能取得理想的效果。

(2) 全面发展原则。对多数健身者来讲,运动健身不是单纯发展某一项运动能力或身体某一器官的生理机能,而是通过运动健身使机体在整体上能有全面、协调的发展。只有全面协调发展身体素质,才是健身效果评价的坚实基础。

(3) 区别对待原则。也称为个体化原则。针对健身人群不同年龄、性别、爱好、身体条件、职业特点、锻炼基础等诸方面因素,区别对待,会使健身运动更有针对性。老年人可进行一些活动量相对平稳的慢跑、太极拳等项目,以减少运动损伤。患有特殊慢性疾病的人,应在医生指导下,选择有针对性的辅助康复的健身项目。

(4) 经常性原则。运动健身要经常化,不能"三天打鱼,两天晒网",一定要持之以恒,才会有效果。一旦参加了运动健身,并对身体产生了良好影响的,就应该坚持下去。有句名言说得好:"生命不息,运动不止。"

(5) 安全无害原则。安全无害原则是运动健身效果的保证,运动健身前要做好"热身",即练前的准备活动,使机体各器官、系统机能进入活动状态，以保证机体运动需要；运动健身过程中，要集中精力，全身心投入防止运动损伤；有心血管疾病等慢性疾病的人和老年人应格外小心，防止心脑血管发病与运动超负荷，防止意外事故发生。

3.既要健身，更要健心

多少年来，身体健康的概念，在人们头脑里就是身体没病。根据世界卫生组织（WHO）关于"健康是指身体上、心理上和社会适应等方面完美的状态，而不仅仅是没有疾病和虚弱"的标准理解：只有身、心健康，才是人们追求的真正健康。人在心理上有希望的时候，就会产生顽强的生命力。人的心理力量，在关键时刻可以转换成强大的物质力量。人在遇到困难和逆境时，应该积极地暗示自己：保持良好的心态，就能换得健康的身体。我们要采用科学方法和手段，积极调节自己的情绪，保持良好的心态，不断增强心理健康水平。

练习太极拳正是健身又健心的最佳选择。

4.缺氧的剧烈运动并非理想

当今各国的健身运动多矣！从简单基本的跑步、游泳，到自行车、举重、各种球类，以及健身房的各种器械操练，可谓花样百出，令人目不暇接，然而绝大多数的现代运动，都具有一个共同的而且致命的缺点，那就是"缺氧"！

现代医学研究认为，任何有益于人体健康的运动，都必须使脉搏较安静时至少增加每分钟 20 跳才有效，称之为"有效脉率"。

绝大多数的运动都不难达到这一点，因为血流加快之后，血液中的血红蛋白携带大量氧气去营养全身亿万细胞，但是当你进行剧烈运动时却气喘吁吁、呼吸急迫，运动愈激烈，喘得越厉害，供氧愈不足。此时体内氧气不但不增加，反而大大减少了，只好在低氧的条件下去面对那些嗷嗷待哺的细胞，机体处于无氧代谢之中，还会产生大量乳酸。因此，缺氧运动只能健壮你的筋骨肌肉，对内脏器官和大脑的生理功能的提高作用甚微，并非理想的健身方法。

例如，100米短跑、举重、器械健美等高强度、短时间使用爆发力的运动，都是无氧代谢运动。所谓无氧代谢运动，是指肌肉在没有持续氧气供给的情况下的剧烈运动。从事无氧代谢运动时，尽管我们的心脏全力增加对肌肉的氧气供应，仍无法满足四肢肌肉对氧气的需求。于是，脑、肝、肾和胃肠道的血管都收缩，把血"挤"出来，供应四肢肌肉，使这些脏器在运动中处于缺氧状态。这类处于无氧代谢下的剧烈运动并不适宜中、老年人锻炼。

5.有氧运动，有益健康

世界著名健身泰斗肯尼斯·库珀博士经大量研究证明，20岁至60岁年龄期的人若长期缺乏有氧代谢运动锻炼，会使心血管系统、消化系统、免疫系统、运动系统等功能降低30%，最终引起脏器功能衰退与损害。其结果是众多疾病纷至沓来。

6.什么是有氧运动

有氧运动，全称为有氧代谢运动，是指以有氧代谢提供能量的运动。其特点是强度低、有节奏、不中断、持续时间长。这种运动过程可增加人体对氧气的有效吸入、输送和使用，提高机体的耗氧量，从而能改善呼吸和心血管系统功能。

做有氧运动有下列十大好处：

（1）增强呼吸系统的机能，肺活量也明显提高。

（2）增强心脏的功能，有氧代谢运动能改善心脏功能，防止心脏病发生，并能提高血液中对冠心病有预防作用的高密度脂蛋白的比例。有益于控制血压和防治动脉粥样硬化。

（3）对糖尿病有预防和辅助治疗作用，有氧代谢运动有益于降血脂和控制血糖。

（4）预防骨质疏松症，有氧代谢运动能增强骨密度，有效地防止钙损失，防止骨质疏松。

（5）有氧代谢运动能增加血液总量，血液量的提高相应增强了氧气输送力。

（6）减肥和控制体重，是最科学的减肥方法。

（7）缓解精神压力，有氧代谢运动能使人的心理发生变化，可使人精神愉快，使抑郁沉闷者精神振奋，胸怀舒畅。

（8）预防癌症，有氧代谢运动能锻炼人的毅力，增强生活信心，提高人体的免疫功能，减轻致癌因素对人体的影响。

（9）有氧代谢运动能增强胃肠蠕动，有利于食物的消化和吸收，并加快废物排泄，防治便秘。

（10）有氧代谢运动能增加体能与耐力，使人的精力充沛，延缓衰老，延长寿命。

7.太极拳是极佳的有氧运动

太极拳是有氧代谢运动，是以增强人体吸入、输送与使用氧气为目的的持久性运动。长期坚持打太极拳,有益于人体的健康。

（三）身体活动与健康

在人的一生中，不是所有的时期都能保持健康的生活状态。美国的一项研究表明，如果按人的平均寿命是 75.8 岁计算，那么只有 64 年是处在健康的生活阶段，而剩下的 11.8 年是处在身体功能紊乱或不健康的状态，生活质量会明显下降。因此不仅要延长寿命，更重要的是提高生存期间的生活质量，这是我们追求健康的主要目标。

在西方国家，通常把年龄在 65 岁以内发生的死亡，称为早死。而早死的发生，主要与以下四个因素有关，依次是：生活方式（53.5%）、环境因素（21.8%）、人体本身生物学特性（16.4%）和健康保障系统（9.8%）。因此可见，生活方式是影响健康和长寿的重要因素。其中坚持运动是其中心环节，因为运动锻炼可以提高健康体适能和运动体适能这两种"体适能"。

健康体适能包括身体成分、心血管功能、柔韧性、肌肉力量等成分，因为这些功能的提高与预防疾病的发生和健康状况的改善有密切的关系。运动体适能主要包括灵活性、平衡和协调能力、爆发力、反应时和速度等成分，它们与运动项目中的一些运动技能有关。

每天进行 30 分钟以上的中等强度运动，就会对增进健康产生很大的作用，尤其是对那些久坐的人群。

研究发现，如果人们每天进行体育活动，每天能够多消耗

150千卡热量，或者每周消耗 1000 千卡热量就足以使身体健康得到收益。这一项身体活动能降低冠心病的危险 50%，患高血压、糖尿病和大肠癌的危险降低 30%。

据运动生理专家的研究结果表明，长期坚持身体活动或锻炼有以下十大生理作用：

身体活动或锻炼的十大生理作用

改善心血管以及呼吸的功能	提高心肌收缩力，降低安静时的心率，提高组织利用氧的能力，提高肺活量，提高肺的最大通气量
改善肌肉力量，耐力以及关节韧带的柔韧性	提高工作效率和工作能力，减少关节、肌肉、韧带损伤的发生几率；减少腰背部疼痛发生率
提高运动能力	提高摄氧量；增加骨骼肌毛细血管的密度，提高氧的运输能力
增加瘦体重，减少体脂	减少体内的脂肪含量，保持良好的体型，有利于减肥；改善葡萄糖耐量
改善骨的健康	提高骨密度，预防骨质疏松症
降低冠心病、高血压、中风、Ⅱ型糖尿病的危险因素	降低休息时的收缩或舒张压，增加血浆高密度脂蛋白和减少血浆中低密度脂蛋白、胆固醇和甘油三酯的含量
降低癌症的发病危险	降低大肠癌、直肠癌、乳腺癌、前列腺癌等癌症的发病率
提高心理能力	保持健康的情绪，改善睡眠；减少焦虑和抑郁的发生
延长寿命，提高生活质量	抗衰老，提高工作、娱乐和体育活动的能力
降低死亡率	一级预防（亦即可预防急性心脏病的发生） 1.降低发生因冠状动脉疾病死亡的比例 2.发生心血管疾病、大肠癌以及Ⅱ型糖尿病的比例较低 二级预防（亦即在发生心脏病后，防止其他疾病发生） 病人参加心脏康复训练后，其因心血管疾病和其他疾病的致死率下降

长期坚持打太极拳的人，都是上述十大生理作用的得益者，至于打太极拳为什么好处多？其中奥秘且看下回分解。

二、太极拳的奥秘

（一）中国武术发扬光大

中国武术历史悠久，在华夏土地上延绵了数千年。中国武术具有多彩的形式、丰富的内容、深邃的文化意蕴，具有健身、防身、修性、竞技、娱乐等多方面社会功能，无愧为中华民族创造的文化精粹，为广大群众喜闻乐见，而且得到世界上越来越多的人群的青睐。

仅仅把中国武术视为一个体育项目、一种专门技能，还远远不能包容和理解中国武术。任何体育项目虽然都会具有文化意义，但却没有一个体育项目会像武术那样具有浓郁的民族文化特征，具有武术那么大的文化包容量和负载能力。

武术在民族文化的摇篮中，不断汲取传统哲学、伦理学、养生学、兵法学、中医学、美学等多种传统文化思想和观念，使之理论内涵丰富、寓意深刻，注重内外兼修、德艺兼备。

中国武术之所以能称为武术文化，不仅在于它的广博的内涵、多元的功用，还在于它的强大的生命力和独立性。

中国传统文化的最高价值原则是和谐，这一原则和认为宇宙是一个和谐的整体的世界观及重和谐的思维方式一起对中国传统文化产生了深远的影响。重和谐的思想就是希望达到人与自然、人与社会及人的自我身心内外的和谐统一。遵循《论语》中和为贵的思想，注重个人身心动作的和谐，强调"内三合"和"外三合"。它是中国各拳种的一个共同要求。

中国人历来重视运动，重视生命，注重养生之道，武术与中国养生导引之术相互影响、相互渗透，增强了武术的健身价值。习拳的终极目的已在于"益寿延年"，轻柔缓慢的太极拳，以其独特的运动方式受到海内外人群的青睐，它松静自然、气沉丹田，中等强度的运动，不仅对心血管、呼吸系统有良好的影响，而且有利于调节神经系统、陶冶性情、缓解压力等，在当代社会有很重要的意义，因此受到世人的关注。

（二）什么是太极拳

"太极"一词源出《周易·系辞》："易有太极，是生两仪。""太"就是大的意思，"极"就是开始或定点的意思。"太极"是产生万物的本源，含有至高、至极、绝对、唯一、无穷大之意。太极拳这个名称的取义是因为太极拳拳法变幻无穷，含义丰富，而用中国古代的"太极""阴阳"这一哲学理论来解释和说明。

从目前掌握的史料分析，太极拳是河南温县陈王廷于明末清初创造，其拳法深受明代抗倭名将戚继光《拳经三十二势》的影响。而戚式的《三十二势》是依据明代十六家著名拳法综合创造的。可见，太极拳是吸收了民间拳法，由戚继光集其大成、陈王廷推陈出新而创造。后经改编又派生出杨式、孙式、吴氏、武式等各式太极拳。1956 年，国家体委根据杨式太极拳整理编创了简化太极拳（24 式），其动作由简到繁，从易到难，循序渐进，便于普及和掌握。

太极拳运用传统中医经络学说，拳势动作采用螺旋缠绕式的伸缩旋转方法。要求以腰为轴，内气发源于丹田，通过缠绕运动，到达任督两脉和布于周身，从而达到"以意用气，以气运身"的境地。太极拳运动因其富有独特的韵味和较深的哲理以及对人身、心均有良好的积极作用，越来越受到世界各国人民的喜爱，许多人亲身体验，受益匪浅。太极拳为增进世人健康，益寿延年，加强各国人民友好交往，发挥了重要的作用。

太极拳是中国传统文化遗产的一块瑰宝，有着悠久的历史。经历先辈们不断地改进、充实、丰富与发展，形成了具有独特风格特点的拳种。它有着深厚的群众基础，赢得了中外人民的喜爱。

当今，随着社会的不断进步，人民生活水平不断地提高，不少人在寻求一种身心兼备的运动，尤其是现代生活节奏加快，人们也越来越需要一种节奏缓慢的运动，来调节紧张的神经。在这种情况下，太极拳就更显示出了它独有的魅力和价值。作为一种身心技术，它在医疗康复、强身健体、延年益寿、陶冶性情、开发智力等方面都有着不可估量的作用。太极拳，作为中国文化的一个有机组成部分和独特表现形式，它具有丰富的思想内涵和科学内涵。

我们感觉，太极拳运动是一项内涵十分丰富的运动项目。它不仅要求练习者对动作要规范协调，而且更要求练习者在练习过程中，要做到"意"、"气"、"形"三者的高度统一。因此，太极拳练习，就不光是一个肢体的运动了，更重要的它是一种身心平衡协调发展的运动手段。所以，在太极拳的提高过程中，只强调套路数量的增加显然是片面的，我们应该把主要精力放到太极拳的练习过程中来，这才是提高太极拳练习质量的根本所在。有的人一辈子就练习一套 24 式太极拳，可是终身受益。而有的人可能是一直在不断学习新的太极拳套路，可是他却并不一定能够理解太极拳的真正的内涵。这就是对太极拳提高的认识不一样所致。我们主张，既要在太极拳的练习形式上求得"新"，又要在太极拳的练习过程中求得"深"，这样才能达到好的锻炼效果。

（三）太极拳的由来与五大流派

太极拳在其长期演变过程中形成了许多不同风格和特点的传统流派，其中流传较广和具代表性的有以下五式：

1.陈式太极拳

有老架和新架之分，历经几代的传习，现代流传较广泛的传统套路为一路（老架）、二路（炮捶）。其特点是刚柔相济，手法螺旋缠绕且多变，呼吸要求"丹田内转"，套路架势宽大低沉，且有发劲、震脚和跳跃动作。

2.杨式太极拳

河北永年人杨露禅幼年从师于陈家沟陈长兴习拳，成年后返京传习太极拳，终经其孙杨澄甫修改发展，成为当代最为流行的大架子杨式太极拳。其特点是动作舒展和顺，速度平衡均匀，架势中正圆满，结构严谨庄重，具有套路演练气派大的风格。

3.吴式太极拳

北京大兴人吴全佑，初从杨露禅习太极拳，后拜杨班侯学杨式小架太极拳。其子吴鉴泉在传承杨式小架太极拳的基础上使拳术柔化而连绵不断，逐渐形成了吴式太极拳流派。其特点是拳架紧凑而开展，斜中寓直，动作轻松自然，以柔化著称。

4.武式太极拳

河北永年人武禹襄，初从师杨露禅陈式老架太极拳，后又随陈青萍学陈式新架太极拳，经多年演练，自成一派独特风格。其特点是自恃紧凑，动作小巧，步法虚实分明严格，出手不过足尖，左右手各管半个身体，胸腹部在进退旋转中始终保持中心位置。

5.孙式太极拳

河北定州人孙禄堂，向郝为浈学习武式太极拳。将形意拳和八卦掌精华融入太极拳中，从而逐渐形成了孙式太极拳。其特点是进退相随，动作敏捷，舒展圆活，每转变方向时以开合动作相接，故又被称为开合活步太极拳。

（四）什么是24式简易太极拳

24式太极拳也叫简化太极拳，是1956年国家体委组织太极拳专家从杨式太极拳架中择取20多个不同姿势动作编串而成的。虽然只有24个动作，但相比传统的太极拳套路更富太极拳的运动特点。目前，在太极拳的练习人群中，练习24式简化太极拳者占有很高的比例。1996年作者对北京地区部分太极拳练习者进行的社会调查表明：参加24式太极拳练习的人数，占调查人数的90.8%，是第一位的。由于24式简化太极拳套路的动作结构简单、数量合理、内容充实、易学易练，备受太极拳爱好者青睐，把它作为普及推广套路是十分适宜的。

中国老龄问题全国委员会主任于光汉在维也纳"老龄问题世界大会"上的发言中，对太极拳的防老抗衰作用曾给予了充分的肯定。他说："中国传统的太极拳、气功等锻炼方法，对于增强老年人体质，延缓衰老过程，防治老年病和慢性病，具有显著的疗效。""在我国，把太极拳运动作为解决老龄问题中防老抗衰的有效措施，不仅仅是因为太极拳运动本身具有增强体质、延缓衰老过程的作用。另一方面原因，还在于太极拳运动是一项符合中国国情，适合老年人生理、心理特征，具有很大魅力和广泛社会基础的保健康复手段。"

太极拳在世代相传中，不断地得以发展与改革，形成了不少风格独特的流派。如得陈长兴之传，杨露禅创杨氏太极拳；得杨露禅之传，吴全佑创吴氏太极拳；得陈有本新架之传，陈清萍创赵堡架太极拳；得杨露禅、陈清萍之传，武禹襄创武式太极拳；得武派之传，李亦畬创李式太极拳；得李派之传，郝为浈创郝氏太极拳；得郝派之传，孙禄堂创孙氏太极拳。新中国成立之后，还创编了以杨氏为基础、综合多式特点的24式太极拳、88式太极拳、48式太极拳和42式太极拳等，以及32式太极剑、42式太极剑，还有推手项目，和杨、陈、吴、孙、武五式竞赛套路等，为太极拳运动更好地普及和提高创造了技术条件。

42 式太极拳也称为"综合太极拳"，包括 1956 年由国家体委创编公布的"简化太极拳"（又称"24 式太极拳"）。该拳由李天骥主编，现已普及海内外。随后还创编了 48 式太极拳，由门惠丰、李德印和王新武主编。国家体委还组织修订了杨式拳架为"88 式太极拳"。为了规范太极运动竞技，1988 年国家体委组织了《四式太极拳竞赛套路》的编写组和审定组，以张文广教授为组长，编制了杨、陈、吴、孙四式太极拳，随后还编制了武式太极拳竞赛套路。为了满足亚洲和世界比赛的需要，1989 年国家体委组织门惠丰、李德印等专家，创编了《太极拳竞赛套路》（也称"42 式太极拳"），并于 1991 年组织张继修、李秉慈、曾乃梁和阚桂香等专家，创编了《太极剑竞赛套路》（也称"42 式太极剑"）。这些套路的诞生，促进了太极拳运动的大普及和大发展，促使古老的、传统的太极拳运动跟上时代的步伐，以崭新的姿态，沿着科学化、系统化和现代化的方向阔步前进。

24 式太极拳分为 8 组，从"起势"至"收势"，共 24 个动作，它充分体现了太极拳动作柔和、缓慢、圆活、连贯的特点。

24 式太极拳的拳架有高、中、低之分，初学者可根据不同年龄、性别、体力条件，以及不同的要求，采用高低不同的拳架，适当调整运动量，可以连贯演练，也可以选择单式或分组练习。因此，它既适用于体力较好者用来增强体质，又适用于体弱者作为疗病和保健的手段。

（五）太极拳的盛况——国际国内的发展

太极拳运动不仅在我们古老的中国深受广大群众的喜爱，而且在国外也产生了强烈的反响。

1978 年 11 月中旬，以日本众议院副议长三宅正一为团长的日本国会议员代表团访华时，当时担任中国国务院副总理的邓小平同志举行欢迎午宴招待代表团一行。宴会上，三宅副议长讲起自己喜爱打太极拳之事，并请邓小平同志挥毫题词，给日本广大的太极拳爱好者作为纪念。邓小平同志欣然允诺题写了"太极拳好"挺拔秀俊的题词。三宅副议长说："此题词将成为日本太极拳界的宝物。"

在美国现代生活中，充满了生存的竞争，生活、工作的紧张节奏，令人烦恼的社会治安等这一切，使得人们的神经和肉体都非常紧张，精神压力大。

虽然各种球类、游泳、散步、自行车、高尔夫球等等体育运动项目，也可以使人们缓解一下疲劳，但这些项目，都比不上太极拳可以使人们身心都放松。《纽约新闻日报》呼吁人们参加太极拳运动，说"太极拳是一项身心合一的运动"。

美国《医学论坛》也发表文章，鼓励人们去打太极拳。文章标题是《太极拳能助老人保持灵活》。物理治疗师史提夫·文道夫指出："太极拳能延长老人的独立能力，及舒缓他们的不安

昭光健康直通车

22

情绪，它可以促进身体与思想的相互作用。"而且美国 CNN 有线电视网专题报道了太极拳运动对防病、健身的作用和太极拳的表演。

（六）太极拳的特点

太极拳有益于健脑养生，具有许多特点，表明很适合于中老年人锻炼强身。

1.太极拳动作精细优美，锻炼全面，便于健脑养身

（1）全身锻炼，身心兼顾。太极拳十分强调动作要"一动无有不动"。要求全身凡是能动的部分，都要同时参加活动，不可偏废。以运动量而论，太极拳的运动量是比游泳小。但是，就其全身动作的和谐和细致上来说，与游泳相比有过之而无不及。

太极拳是一项全面的"身心锻炼"。第一，打太极拳时，要求四肢和身躯各个部位，同时完成协调柔和的动作，而且要求呼吸系统肌肉，包括胸腹部肌肉、膈肌等，同时进行协调运动。因此，心、肺、肠胃等内脏机能，同时受到良好促进作用。第二，太极拳每一个动作，都是在"意识引导"下完成的。人的精神高度集中，排除各种杂念，使心境到达一种愉悦的纯净心态,有利于中枢神经系统功能得到最佳调节。要求做到内外兼顾，身心同步。

（2）趣味浓厚，陶冶性情。太极拳动作在设计上，行拳走的

要求是圆形的或者弧形的路线。双腿动作要一虚一实，不断地虚实交替变化；呼吸也应该进行有规律的调息动作。太极拳动作要求做到柔和、轻灵、贯串，动作要"动中有静、静中有动"。从而使太极拳动作变化层出不穷，充满趣味。浓厚的锻炼乐趣，提高了锻炼情绪，促进身心健康，这是太极拳很突出的优点。

太极拳一方面讲究灵敏，使人提高敏感度，一方面又讲究沉稳安静，使人消除浮躁。通过太极拳锻炼，性急者，可以改除性急习惯；性慢者，可以培养平稳渐进品格，不至于拖延。于潜移默化中陶冶性情，在理论上和实际上也都有肯定效果。

（3）全神贯注，健脑养神。打太极拳要求全神贯注，注意力高度集中。眼随手转，步随身移；动作连贯、圆活、稳健、协调；动中取静，静中有动。这些要领，十分有利于大脑兴奋、抑制功能的调整。太极拳行拳时要求做到"用意不重在用力"，这是太极拳最重要的特点之一。练拳时，应当多以"意识"、"意念"去带动动作，以意识引导动作，而不是靠多用"力气"（拙力）去求得锻炼效果。

（4）动作柔和、缓慢、轻松自然，利于躯体和心理调整。太极拳是一种"柔性武术"，其动作始终是以柔劲为主。"柔、缓、松"是太极拳的基本要点。

● "柔"的运动方式，肌肉舒缓少用力，不会过于紧张。柔和动作，柔中有刚，肌肉收缩舒张富有节奏，对于肌肉锻炼，对于调节大脑皮层和植物神经系统功能，都有独到的锻炼效果。

● 太极拳强调以"慢动作"为主，动作"缓慢"，是其又一个重要特点。练习"刚劲"、"明劲"的拳术，动作要求要快要用力；太极拳要求以慢动作为主。"缓"有三大好处：缓慢与柔和在动作时密切配合，对调和呼吸有更积极的控制作用；缓和可以节制体力消耗，是健脑强身的有效方法；同时，缓慢适应"用意识引导动作"要求。缓慢的运动方式，便于意识的引导。

● 太极拳要求行拳必须放松。太极拳的"松"，要求在行拳中做到"无处不松"，"无时不松"。这样，练拳时，不但动作的主要部位，如手腕、臂、肩、胯等部位首先应当放松；胸、腹、腰、背等处，也必须放松。

"松"的好处是不会引起情绪紧张；其次是保证在呼吸运动时，胸腹部肌肉和膈肌运动都不会受牵制，可以发挥更大作用。

值得注意的是，"柔、缓、松"三者结合，是构成太极拳一切动作的基础。太极拳练习者必须认真掌握。这些，正是达到健康有效锻炼效果的关键所在。

（5）太极拳动作和谐、连贯，圆转曲折，自然流畅，引人入胜，有益于调整心理与情绪。

● 太极拳要求动作"和谐"，它强调全身各部分的动作，都要与手的动作密切配合，做到"一动无有不动"：这样，全身，即从头到脚的所有的动作，便构成一个整体。行拳时，不但动作的进退起落、上下左右要处处相互呼应，同时，在呼吸方面和意识方面，也要尽可能与每一姿势相呼应，做到虚实动静相结合。

动作和谐的作用，使全身各部分在每一个动作中都能得到锻炼机会；在动作过程中，通过腹部呼吸动作，充分促进人体内脏的活动与代谢。

●"连贯"，是指整套太极拳在各个动作之间，要做到前后衔接，不能停顿，切不可露出衔接、断续的痕迹。全部动作应该节节贯串、连绵不断、一气呵成，有如"滔滔江水"一般。

●大多数的锻炼，身体动作都是走直线的。太极拳则要求走弧线，要求每个动作都走弧线。由于动作是前后连贯，以弧线往返相接，整体动作自然就变成圆形。

圆形动作使肌肉、骨骼和韧带都能同时得到适当而均匀的活动。太极拳的连贯、和谐与圆形动作的结合，形成自然流畅的节奏，既提高动作效果，还可以引人入胜，提高行拳趣味，活跃练拳情绪。

太极拳的长期练习和锻炼，不仅可以使人体各个系统、各个器官功能得到改善、提高，精力保持充沛，全身肌肉关节活动灵活，而且，可以有效地促进大脑和大脑以下部分的各种神经系统功能，提高大脑兴奋与抑制过程的协调，推迟脑老化过程，延缓衰老。

2.太极拳强调"自我加强"，能充分调动机体的主观能动性

太极拳特别强调"意识锻炼"，在锻炼中，能做到"心"、"身"俱到。这种锻炼指导思想，很有利于调动参与者主观能动性，大大提高锻炼效果。

保健养生的旧观点以为，保健主要是依赖药物、营养，依靠来自体外的支持帮助，而不是靠自己，靠充分调动体内的抗病免疫能力，靠充分发挥自己的主观能动性。按照这样的养生观点，不可能充分调动机体内在"自我调节"功能，不可能充分发挥体

内的免疫能力、抗病能力。

现代保健养生的新观点认为，要特别重视加强机体本身的自我抗病能力、免疫能力。太极拳恰恰能强调这一方面，这是太极拳很重要的优势所在。

3.太极拳锻炼既可健身强身，又可防病治病

从锻炼效果上看，太极拳健脑养身，增强体质，长期打太极拳有很好的防病治病效果。

(1)打太极拳可以治疗多种慢性疾病。比如高血压、神经衰弱、溃疡病、肺结核、冠心病、肝炎恢复期、骨关节病等。长期坚持太极拳锻炼，可以收到祛病延年之效。

(2)太极拳还可以适应不同病人的病情需要和要求。由于太极拳有以上种种特点，太极拳长期锻炼，可以帮助病人恢复和增进人体机能活动，获得防病治病效果（**除非是正在咯血或者出血的病人应该暂停锻炼**）。

4.太极拳入门容易，深学有味；人人可练，简单方便

(1)太极拳具有边学边练，人人可练，不断提高的优点。太极拳的动作柔和，速度较慢，便于入门，也便于逐步提高。特别是太极拳强调动作缓慢，很方便初学者模仿。边学边收到锻炼效果，有益于提高兴趣；太极拳动作细腻，有利于不断深入体会、琢磨，不断提高，增加学习兴趣。

(2)太极拳的练拳式子（**姿势**）要求尽量低一些为宜。太极拳姿势高低，用力大小，锻炼时间的长短与运动量有关；各人都可以根据自己体质和情况需要选择。因此，太极拳不但便于初学者学习，

也适合于体弱、年老的人；即使是年老体弱有病，经常练习太极拳，也不会产生不良反应。对于身体强壮，或喜爱剧烈运动、需要运动量大的人，也能自我调节。太极拳真是人人适宜，个个可练。

(3) 太极拳的行拳条件简单，有不受地点时间限制等优点。太极拳锻炼，不仅练拳者不受身体条件、老少年龄限制，而且，行拳不受场地、地点、时间、人数多少等限制，可以因地制宜，因时间而异，随时随地锻炼，十分方便。

5.太极拳适合国情，便于普及推广

太极拳适合于我国国情民情，更适合于在我国普及推广。

(1) 太极拳从拳理到运动形式，都富有很浓厚的民族色彩，充分体现中华民族的理念、文化和民俗习惯，容易为我国群众接受、推广。

(2) 太极拳作为一种武术运动形式，兼备有很强的武术与运动锻炼相结合优点。太极拳可以以音乐伴奏，增加参与兴趣。太极拳进一步发展提高，将会成为更有效的中老年人锻炼方法。

（七）太极拳的技法特点

要想练好太极拳，我们必须掌握太极拳的技法特点，下面是练习太极拳的 8 个技法特点。

1.虚灵顶劲竖项

经络学说有以头为百脉之宗的说法。练习太极拳时要求头顶

部百会穴轻轻上提，好似头顶上有绳索悬着，从感觉有虚灵顶劲之意，也称顶头悬。

2.沉肩坠肘坐腕

练太极拳时在松肩的前提下要求沉肩坠肘，沉肩坠肘有利于躯干的含胸拔背。坐腕是腕关节向手背一侧自然竖起，无论在定势动作和运转动作中都须注意坐腕要求。

3.含胸拔背实腹

含胸是胸廓略向内微屈，使胸部有舒宽的感觉。拔背是当胸向内微含时，背部肌肉往下松沉，两肩中间脊背鼓起上提，同时略向上方拉起，使背部肌肉产生一定张力和弹性。横膈肌运动所产生的腹式呼吸，使腹部肌肉逐步得到锻炼，腹部渐渐充实圆满，尤其是下腹部的充实。

4.松腰敛臀圆裆

腰部松沉时要注意腰部能直竖，以有利于尾闾中正神贯顶的要求。敛臀是在松腰的基础上使得臀部稍微作内收，同时和含胸拔背相互作用。当两胯撑开，两膝有微向里扣的感觉时，就能起到圆裆的作用。

5.心静体松意注

太极拳练习的重要原则是心静意注。也就是说，练拳时思想集中，肢体放松，以意念引导动作的变化和运行。心静体松注意要求在未练拳之前即肢体放松，端正姿势，思想上摒除其他干扰杂念。

6.呼吸深长自然

太极拳练习时的呼吸，采用腹式呼吸来加深呼与吸的深长。

"拳式呼吸"一般是指练习时动作的开合屈伸、起落进退、虚实变化等结合一呼和一吸。

7.势势意连形随

太极拳讲究一动无有不动，而且始终以意念引导动作。每当一个动作完成时，意念中就有下一个动作出现，要有意连形随的感觉。

8.轻沉虚实兼备

太极拳是一种轻灵、缓慢、沉稳的拳术。轻灵和沉稳相对独立而又统一。太极拳的基本身体姿势和具有气沉丹田要求的腹式呼吸使身体重心下沉，无论是行步还是定势，步型步法既轻灵又沉稳。

（八）太极拳的基本动作及方法

1.手型

太极拳的主要手型为拳、掌、勾三种。

握拳方法：四指并拢卷握，拇指紧扣食指和中指的第二指节，但拳要虚握，手心略含空。（如下图）

拳

五指自然分开并微屈，虎口成圆形，掌心微含。（如下图）

掌

五指第一指节捏拢在一起，屈腕。唯需自然，不用力。（如下图）

勾

2.步型

24式太极拳中的四个步型为弓步、马步、仆步、虚步。

弓步：左脚向前一大步，脚尖微内扣，左腿屈膝半蹲；右腿挺膝伸直，脚尖内扣，两脚全脚着地。上体正对前方。（如左图）

弓步

马步：两脚平行开立（约为本人脚长的三倍），脚尖正对前方，屈膝半蹲，膝部超过脚尖，大腿接近水平，全脚着地，身体重心落于两腿之间。（如右图）

马步

仆步：两脚左右开立，左腿屈膝全蹲，大腿和小腿靠紧，臀部接近小腿，左脚全着地，脚尖和膝关节外展；右腿挺直平仆，脚尖里扣，全脚着地。（如下图）

仆步

虚步：两脚前后开立，右脚外展45度，屈膝半蹲；左脚脚跟离地，脚面绷平，脚尖稍微内扣，虚点地面，膝微屈。重心落在后腿上。（如下图）

虚步

3.手法

（1）拳法

冲拳：拳自腰立拳向前打出，高不过肩，低不过胸，力达拳面。

搬拳：屈臂俯拳，自异侧而上，以肘关节为轴前臂翻至体前或体侧，手臂呈弧形。

贯拳：两拳自下经两侧，臂内旋向前圈贯与耳同高，拳眼斜朝下，两臂呈弧形。

(2) 掌法

单推掌：拳须经耳旁臂内旋向前立掌推出，掌指高不过眼，力达掌根。

搂掌：掌自异侧经体前弧形下搂至膝外侧，掌心朝下，掌指朝前。

拦掌：掌经体侧向上，立掌向胸前拦，掌心朝异侧，掌指斜朝上。

平分掌：屈臂两掌交叉于胸前，两臂内旋经面前弧形向左、右分开，两掌高与耳平，两掌朝外，掌指朝上。

斜分掌：两手交叉或相抱，斜向上或前后分开。

云掌：又分为立云掌和平云掌。立云掌是两掌在体前上下交替呈立圆运转。平云掌是掌心朝上，在体前或体侧呈平圆运转。

穿掌：侧掌或平掌沿体前、臂、腿穿伸，指尖与穿伸方向相同，力达指尖。

架掌：手臂内旋掌自下向前上架至头侧上方，臂呈弧形，掌心朝外，掌高过头。

抱拳：两掌合抱，两臂保持弧形，两腋须留有空隙。

插掌：一手自上向前弧形下插；臂自然伸直，掌指朝斜前下方。

将：臂呈弧形，单手或双手向左（或右）侧后将，臂须外旋或内旋，动作走弧形。

按：单掌或双掌自上而下为下按；自后经下向前弧形推出为前按。

（3）臂法

掤：屈臂呈弧形举于体前，掌心朝内，力达前臂外侧。

挤：一臂屈于胸前，另一手扶于屈臂手的腕部或前臂内侧，两臂同时前挤，臂撑圆，高不过肩。

各种手法变换都要走弧形路线，同时前臂做相应旋转，不可直来直去，生硬转折。要注意手法与身法、步法的协调配合，做到周身完整一气。肩、肘要松沉，手指要舒展，腕部要松活，既不可紧张僵直，又不可绵软无力。

（4）步法

上步：一腿支撑，另一腿提起经支撑腿内侧向前上步，脚跟先着地，随着重心前移，全脚着地。

退步：一腿支撑，另一腿经支撑腿内侧退一步，脚前掌先着地，随着重心后移，全脚着地。

侧行步：（云手）一腿支撑，另一腿提起侧向开步，脚前掌先着地，随着重心横移，全脚着地逐渐过渡为支撑腿；另一腿提起，向支撑腿内侧并步，仍须先以脚前掌，随着重心横移，全脚着地过渡为支撑腿；并步时两脚间距为 10～20 厘米。

摆步：（搬拦捶）一腿支撑，另一腿提起，小腿外旋，脚跟先着地，脚尖外摆而后全脚着地。

跟步：重心前移，后脚向前跟进半步，脚前掌先着地，随着重心后移，逐渐全脚着地。

碾步：以脚跟为轴，脚尖外撇或内扣，或以脚前掌为轴，脚跟外展。

（九）练太极拳的注意事项

练习太极拳时要注意以下几点。

1．要思想入静。心静才能放松。两者是互为其根、互相作用、相辅相成的辩证关系。如果练拳时边练边说话，不仅会使动作紊乱、内气乱散，身体也很难放松。因此，从预备势开始，就要摒弃一切杂念，物我两忘，将思念全部集中到所练的套路上，镇定、沉着，专心致志，静心演练。

2．要用意识引导行动，这是太极拳的运行法则。拳论说："意气君来骨肉臣"，"用意不用力"。意是一身的统领。前辈讲："没有意，只有形，就是体操。"因此，行拳中一切动作都应由意念支配，以意领先，以意行气，以气运身，这样，全身的筋、骨、皮、肉和肌腱、韧带才可能得到彻底的放松和舒展。

3．要顺应阴阳，顺应自然规律，阴阳相和。一切动作都应是自身本能的"天然自动"，而非故意做作。要动静相兼、虚实结合、曲直互用、蓄发互孕、刚柔相济。每个动作都应在规律的架构内活动，既不能不到位，也不能越其界限。要掌握好分寸、适可而止，不能随心所欲或反序乱序。务使动作自然轻松、圆润和谐。

4. 要动作轻灵。"听之至细,动之至微"。轻起轻落,慢起慢落,点起点落。真正做到迈步如猫行、运动如抽丝。身体不能"硬邦邦"的,落脚不能"扑腾扑腾"响。

5. 要"慢中求功",这是太极拳与其他拳种的一个重要区别。演练时一定要以缓缓的速度进行,不急不躁,以慢制快。只有这样,才容易使身心放松,才能不用僵力、拙劲、犟劲,使肢体像风吹杨柳一样,徐徐前行。

6. 要适量运动,做到科学合理、安全实效,不要负重锻炼。如果运动过量身体不仅不会感到轻松,反而容易造成不应有的损伤。要因人制宜、量力而行,把握好运动量。初学者要由简而繁、由易而难、循序渐进,不可贪多求快、急于求成。老年人和体质较差者对高难度动作不要强求,不要与年轻人攀比,这样才能有益身心、延年益寿。

(十) 怎么打好太极拳

为了充分发挥太极拳的特殊作用,在练拳时应认真掌握动作要领,前人所提的"太极拳注意十则"值得关注:

1. 立身中正。姿势自然,重心放稳,呼吸自然,血循通畅。

2. 神舒心定。精神安定,心情舒坦,排除杂念,大脑安静。

3. 用意忌力。用意识引导动作,"意到身随",动作不僵不拘。

4. 气沉丹田。吸气时横膈下降,可以增加通气量,并增加内脏活动。

5．运行和缓。动作缓慢但不消极随便，能使呼吸深长，更好地用意识引导动作。

6．举动轻灵。"迈步如猫行，运动如抽丝"。

7．内外相合。心神意识活动与躯体动作紧密结合，使意识和躯体动作及呼吸相融合。

8．上下相随。要求全身动作全面协调，以腰为轴心，做到身法不乱，进退适宜。

9．相随不断。要求动作连贯，自始至终一气呵成。

10．呼吸自然。初学时要保持自然呼吸，以后逐渐有意识而又不勉强地使呼吸与动作配合，做到深、长、匀、静。

三、太极拳养生原理

（一）中国传统养生原理

生命对每一个人来说，都只有一次，延长寿命，并在生命延续过程中健康、愉快，历来是人类的向往与追求。而满足这美好愿望的手段，便是养生。养生这词最早见于《庄子》内篇，古代又称"摄生"。

1.什么是养生

养生，指合理选用各种保健方法，通过长期的锻炼和修习，达到保养身体、减少疾病、增进健康、延年益寿目的的技术和方法。养生是为了自身生存和健康长寿，根据生命发展的客观规律所进行的保养身体、减少疾病、增进健康的一切物质和精神活动。

2.什么是中医养生学

中医养生学是在中医理论的指导下，探索人类生命规律，总结中国历代心理、生理保健经验，研究养生理论和养生技术，以实现人类增强体质、预防疾病、延长寿命的目的。中医特别重视"治未病"，注意预防疾病。

3.养康一体的对象

除了正常人养生以外，以下的三种人是养生的主要对象：

（1）年老体弱者：人类在衰老的过程中，机体脏器与器官的功能逐渐衰退，这会严重影响他们的健康，因此需要延缓衰老，提高年老体弱者的生活质量。善养生者寿。

（2）各种慢性病患者：此类患者病程缓慢进展或反复发作，致使出现功能障碍，而功能障碍又加重了原发病的病情，形成恶性循环。养生不仅能帮助患者的功能恢复，同时有助于防止原发病的进一步发展。对慢性病患者的养生必须有针对性，有相应的有效措施与方法。

（3）各类残疾者：包括肢体、器官和脏器等损害所引起的各类残疾者，也包括精神疾病患者的养生。

4.精、气、血、神是养生的基本要素

精，是构成人体及促进人体生长发育的基本物质，有先天之精与后天之精之分。先天之精来自父母；人出生之后，从饮食中获得的营养精华称为后天之精，先天、后天之精互相转化，互相补充，成为生命活动的动力基础。

气，是推动脏腑功能活动的动力，也是推动各种生命物质在人体川流不息的动力，是生命活力的根本保证。人体生命力的强弱、生命的寿夭，完全在于气的盛衰。生命是气的产物。

血，是滋养人体脏腑、组织、器官，保证人体新陈代谢的基本物质，是人体内化生精、气、神、乳汁、经血、精液、体液等生命物质的物质源泉。血总是与气相伴而行，相辅相成，互养互化，共生共荣。

神，是机体生命活动的总称，也是人体生命活动的外在表现，包括精神意识、思维活动、运动、知觉等。神以精血为物质基础，精、气充盈，神就健旺。所以，生命的健康与否，可以通过神的状况来判断。

"精、气、神为人身三宝"，三者相互依存，相互为用，一盛

俱盛，一衰俱衰。

由此可见，生命活动，是由精、气、血、神以及脏腑功能状态决定的。精、气、血、神充足，脏腑功能保持正常的动态平衡，人体才会健康无病，不易衰老，寿命才能得以延长。

5.影响人寿的因素

长寿是人们追求的目标，而衰老则是人类正常生命活动的自然规律。合理的养生和康复措施，可以延缓生理性衰老，阻断病理性衰老（早衰）的进程，从而延长人的寿命。

影响寿命、导致早衰的主要原因介绍如下：

（1）中医的认识

①精气不足：肾精匮乏，生命就会早衰。造成精气不足的原因主要有：先天不足（在母体内发育不良）、性生活过度（纵欲）、疾病消耗等。

②营养不良：饮食是人体获取养料的来源，营养不良，包括摄入不足和吸收不良两方面。

③五脏受损：心藏神，肝藏血，肺主一身之气，五脏受损，全身功能都会受到影响，必然影响寿命。

④情志过激：长期持久的精神刺激或突然受到剧烈的精神创伤，就会引起体内阴阳气血失调，脏腑经络功能紊乱，从而加速衰老。

⑤劳逸失度：过劳或者过逸都对健康不利，不利于健康长寿。

⑥遗传禀赋：先天禀赋强则身体壮盛，精力充沛，不易衰老。反之，衰老就会提前或加速。

⑦社会环境和自然环境不良都会危及健康，促进早衰。

三、太极拳养生原理

（2）西医的认识

西医认为自然环境污染是导致多种疾病发生的原因，也是导致早衰的重要原因；还有心理（或精神）刺激；不良生活方式、饮食、营养失节、遗传、疾病和意外伤害等原因，都会导致早衰。当代科学对衰老的原因提出多种学说。

6.顺应自然，天人相应——中国传统养生的基本理念

在传统医学的理论体系中，顺应自然是养生理念的重要内容，无论是养生保健，还是疾病的康复，所有的方法和机能，都体现着与自然相适应的特点，也充满辩证的观点。

（1）天人相应

中医认为，人生于天地之间，一切生命活动都与大自然息息相关，必须随时随地与其保持和谐一致，这就是"天人相应"的思想。在养生实践中，必须遵循这一基本法则，才能取得良好的养生效果。而"改造自然"、"挑战自然"、"战天斗地"之类的思想和行为，在养生领域是不应提倡的。我们要适应季节、把握时间、顺从地理、适应社会，从而顺应自然，颐养天年。

（2）形神合一

形，是指人的整个形态结构，即肌肉、血脉、筋骨、脏腑经络、四肢百骸等组织器官，和气血津液等基本营养物质，是人的物质基础；神，指情志、意识、思维等精神活动，又指生命活动的全部外在表现，是人体功能的反映。这二者的辩证关系相互依存，相互影响，是密不可分的一个整体。神本于形而生，依附于形而存在，形为神之基，神为形之主。

形为基础："形"是"神"的物质基础，中医的"五神"（神、魂、魄、志、意）、"五志"（怒、喜、思、忧、恐），分别由五脏（心、肝、脾、肺、肾）所生成。"神"需要大量的气血精微濡养。

神为统帅：人体起统帅和协调作用的是心神。生命活动表现出的整体特性、整体功能、整体行为、整体规律，都由神志管理、协调、统一。因此，养生时要以"养性"、"调神"为先。

形神共养：形神共养，即不仅要注意形体的保养和复健，而且还要注意精神的摄养和康复，两者相辅相成，相得益彰，身体和精神都得到均衡统一的发展。

（3）动静互涵

阳动阴静：脏腑器官属阴，以静为特征，功能活动属阳，以动为特征。保持动静协调状态，才能使各器官充满活力，从而推迟各器官的衰老改变。

动静相济：大多数养生家提倡动静结合，以达到形神共养的效果。动静兼修，动静适宜，是中国传统养生的重要原则。

（4）协调平衡

协调人体自身的生理功能状态及其与外在环境之间的相互关系，平衡机体各系统和组织器官间的正常功能，以及机体与外界的物质交换，也是中医养生的重要内容。

中和是养生康复的最高准则。中医所有理论的核心，是《内经》提出的"谨察阴阳之所在而调之，以平为期"，即强调"中和"、协调平衡的观念也是这一思想的体现。

人体的功能失调、对称失衡、状态失稳，是导致人体生理功能低下和早衰、疾病的重要原因。

祛邪是平衡协调的重要环节。中医非常重视"祛邪"，而养生更重视体内正气来祛除病邪，这实际上也是调节平衡思想的反应。

(5) 正气为本

现代的养生观念，已经不再仅仅强调补充机体营养物质。真正的健康状态，应该是人体脏腑各项功能的正常运转。正气为本，从中医的观念分析，就是充分发挥和加强脏腑功能，使精微生生不息，废物排泄有序，这才是抓住了养生的根本。只有扶正祛邪、扶正固本才能延年益寿。

7. 中国传统运动养生的瑰宝——太极拳

中国传统运动养生抓住了精、气、神"三宝"，调意养神，以意领气，以气推动血运，以气导形，通过形体筋骨的运动，使周身经脉畅通，营养整个机体。

而太极拳正是中国传统运动养生的瑰宝，上述中国传统养生原理在太极拳中有全面体现。太极拳与五脏、气血、形体、精神均关系密切，故养生作用明显，深受大众欢迎。太极拳可增强心脏、肺脏、脾胃、肝脏及肾脏的功能，使体内气血运行通畅。因此，使人形神兼备，百脉流畅，内外相扣，脏腑协调，使机体达到"阴平阳秘"之状态，从而增强人体免疫力，促进健康，以保持旺盛的生命力。

（二）太极拳是高情感、高美感的健身运动

在当代社会生活中，人们常常承受着高节奏的工作，全身心于繁忙、紧张之中，因此，十分需要一种宁静的方式来加以平衡，能有效地对自己的心态进行调整。好吧！让我们全身心投入太极拳练习中，举手投足顺其自然，进退往来如行云流水，当你一旦融入这一种空灵、宁静的最佳状态时，就会忘掉一切烦恼、抛弃浮躁，与大自然产生一种和谐的融合，浑然一体，得到身心充分的松弛。这是一种无比美妙的舒畅感觉，实是一种难得的充满美感的高情感活动。

太极拳对人体身心的调整包括以下四方面：

1.意识与动作的完美协调——意识美感

打太极拳时全神贯注，注意力高度集中。眼随手转，步随身移；动作连贯、圆活、稳健、协调；动中取静，静中有动。这一切十分有利于大脑兴奋与抑制功能的协调。太极拳要力求做到"用意不重用力"。练拳时，应当多以"意识""意念"去带动作，而不是靠多用"力气"（拙力）去求得效果。这样既能达到意识与动作的完美协调的佳境，又能陶醉于舒畅、空灵之中。

2.姿势变换中的行云流水——动作美感

太极拳从"起势"到"收势"，无论虚实变化、姿势转换，都是互相衔接、连贯圆活、一气呵成，看不出有停顿和接头的地

方，整套动作如行云流水。无论男女老幼，打太极拳最终都能实现令人赞叹的动作美感。

太极拳是一种"柔性武术"，其动作以柔劲为主。"柔、缓、松"，是太极拳的基本要点。

"柔"的运动方式，可使肌肉不致过分紧张，架势平稳、姿势舒展、不僵不拘，演练之后，出汗而不气喘，给人以轻松愉快的感觉。但对于调节大脑皮层和植物神经系统功能，均有独到的作用。运动过程中呼吸不会过分急促，体力消耗不会过大、过快，因而很适合年老体弱者，尤其适合有病或者患病初愈的人的需要，是一种合乎这一人群的保健运动。

由于 24 式简化太极拳动作舒展大方、潇洒飘逸，因此集体进行演练就更具有了它本身的特殊魅力，令人称道。像 1989 年在上海举行的第二届中日太极拳比赛交流会上，上海师大 200 名学生表演的简化太极拳博得全场观众 12 次热烈掌声。1983 年在上海举行第五届全运会时，作为一个场外表演项目，在人民广场由 5000 人组成的庞大的太极拳群体一起演练了 24 式简化太极拳，场面十分壮观，使人备受鼓舞。另外，更为壮观的是 1990 年北京亚运会上，中日两国 1400 名太极拳爱好者进行了集体的精彩表演，使得在场的数万名观众为之倾倒，同时，也震撼了世界。1998 年，为了纪念邓小平"太极拳好"题词 20 周年，在天安门举行的万人太极拳表演，其场面之雄伟、气势之磅礴，给世人留下了难忘的印象。太极拳的动作之美感已到极致。

3.扶正祛邪，平衡阴阳——养生美感

太极拳是中国传统养生的瑰宝，紧紧抓住了人的"精、气、神"

三宝，坚持长期练习太极拳者，大多延年益寿，"尽享天年"。太极拳能扶正祛邪，平衡阴阳，调节精神，改善机能。

（1）扶正祛邪。中医认为，"正气存内，邪不可干"，"邪之所奏，其气必虚"。因此，疾病的发生不仅取决于病邪，而且取决于人体的免疫能力，维持健康的能力。太极拳就是锻炼人体的正气、提高人体抵抗病邪的能力，使人体血脉流通、脏腑协调、代谢正常，延年益寿。

（2）平衡阴阳。中医学认为疾病的发生是由于阴阳平衡的失调。太极拳调整阴阳平衡的作用是通过"抗亢扶弱"的双调制效应来实现的。太极拳套路中也有动静疾徐、虚实刚柔之变化。这些体现了"阴消阳长"、"阳消阴长"的不断变化。掌握练习方法中阴阳变化规律，动静合度，刚柔相济，对人体的阴阳也有一定的影响。如："动静适宜，气血和畅，百病不生，得尽天年。"

（3）调节精神、改善机能。中医学强调锻炼时要做到"恬淡虚无"，即排除杂念、专一放松，这不仅使肌肉放松，而且可以使肌肉进入大脑皮层的冲动减少，使人体处于一种"松弛反应状态"，达到改善生理功能的效果。太极拳通过"松"、"静""自然"调节精神。练习时使人进入无忧无虑无争的休闲境地，故可消除心理疲劳，使人感到心情舒畅，消除消极情绪，脱离病态心理。长年坚持不懈，能使急躁、焦虑、易怒、多疑的性格变得稳健、豁达、沉静、随和，还能培养坚韧不拔的毅力和冷静、沉着的精神。

4.身形移动过程中的圆活轻灵——协调美感

太极拳的动作大都走圆曲线，这种圆曲线包括椭圆、半圆、大圆、小圆等各种圆。练习中多种圆的特点必须分清，形成环环相套、式式相连。练习中要求拳要松握，掌型手指自然微屈；两臂保持自然弯曲状态；肩部不能耸起，两肘微向下沉；两臂保持自然弯曲，曲中示直。练习中避免直来直往和围转死弯拐直角的动作，又要避免故意摇摆，做到转动圆活、轻灵顺遂。如此种种，皆是意识与动作、大脑神经中枢与外周、肌肉骨关节与内脏运动充分协调的美妙结晶。

（三）太极拳的养生作用

太极拳是一种重要的健身和防治疾病的手段。我国《黄帝内经·素问》中就提出："其病多痿厥寒热，其治宜导引。"汉代名医华佗创编了"五禽戏"作为健康运动，他的理论是："人身常动摇则谷气消，血脉通，病不生，不犹户枢不朽是也。"练习太极拳，除全身各肌肉群、关节需要活动外，还要配合呼吸及意识活动。这样对中枢神经系统起了良好的影响，从而给其他系统与器官机能活动的改善打下了良好的基础。

1.对神经系统的影响

经常练习的人都有这样一种感觉：练习套路后，周身感觉舒适，精神焕发；周身感觉活泼，反应灵敏。情绪的提高在生理上是有重要的意义的。"情绪"提高，可以使各种生理机制活跃起来。练习太极拳对中枢神经系统有着良好作用。

太极拳是运用阴阳原理的极佳典范，每个动作都包含阴阳之变化。虚与实、动与静、表与里、开与合、进与退、收与放、左与右、刚与柔、正与隅，相辅相成。又增强了整体观念，要求身心合一，松静无为，内外上下一致，以意领气，气随意行，意到气到。因此练习太极拳能调整阴阳，疏通经络，达到保健的作用。

练习太极拳要求情神贯注、意守丹田、不存杂念，即要用意不用力和心静。这种意识和身体锻炼相结合的方法，都是在中枢神经系统兴奋性提高的情况下完成的，它使大脑皮质形成一个特殊兴奋灶，而其他区域则处于抑制状态。这样就使大脑得到充分的休息，可以打破疾病的病理兴奋灶，这有益于大脑皮层兴奋、抑制的调整。修复和改善高级神经中枢的功能，从而使内脏器官的病患获得修复和改善，对大脑皮层过度兴奋引起的神经衰弱、失眠、头晕等有显著疗效。

练太极拳时呼吸较深，动作缓慢而柔和，既能增加脑动脉内的血流量和供氧量，也能有效地改善脑神经细胞的营养。还可使植物性神经系统活动紊乱得到调整和改善。

太极拳要用右脑思维（**形象思维**），再和左脑合作表现在姿势动作上。形象思维：事以理依，物以形存，太极拳必有其形与理，要有形象的模仿、形象记忆、形象理解和形象创造等思维活动。将右脑思维的信息传给左脑，形成逻辑运动，才能达到拳论讲的："一动无有不动"，"有形皆是假，无形才是真"的境界，是一种智慧，是左右脑高度配合的意动。

太极拳的练习，"开发右脑"用图像去思维，而后再转化为语言或运动（**左脑**），这时左脑的运动是以信息规范的运动，是完整的、柔化的、松静的，故有助增强记忆力及专注力，对失眠、忧郁、烦躁等也有一定疗效。

太极拳是一种很有趣味的运动，动作需要完整一气，由眼神到上肢、躯干、下肢，上下协调毫不紊乱，前后连贯，绵绵不断，需要有良好的支配和平衡能力。练拳的时候，周身感觉舒适，精神焕发。由于大脑的情绪的提高，可以使各种生理机制活跃起来，对患有某些慢性病的人来说，情绪的提高更为重要，有益于使病人脱离病态心理，从而起到防病、治病、强身、防身的目的。(图 3-1)

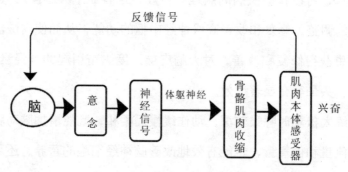

图3-1 太极拳对大脑的良性效应

打太极拳时，人脑全神贯注下，产生意念。意念通过躯体运动神经发出神经信号，引起全身骨骼肌的伸肌、屈肌有节律、有序的收缩、舒张（放松），于是完成了太极拳的一个又一个的动作。在肌肉进行收缩与牵张的同时，引起肌肉内的本体感受器（肌梭、腱器官等）兴奋、抑制交替进行。由于太极拳的特色之一是进行螺旋缠丝、圆弧样运动方式，这比一般的肌肉直线收缩对肌肉内的肌梭有更强刺激；而太极拳中的身姿放长，相吸相系等动作，对另一种本体感受器——腱器官有更强的刺激作用。当肌肉本体感受兴奋与抑制交替发生时，其反馈信号，可以通过神经细纤维返回传入神经中枢，形成一定兴奋灶。这对中枢神经有良性作用，很有益于人体健康。

打太极拳也是中年人健身养性的良好运动项目。打太极拳最好到有花草树木陪伴的自然环境中。当你做几次深呼吸后，静下心来，抛开尘世的嘈杂喧闹，抛开种种忧虑和烦恼，呼吸随着动作协调进行，然后就开始一个运动一个运动地舒缓行进。这时你就有了天人合一的感觉，你感觉到自己是大自然中的一个生命体，达到一种"恬淡虚无"、"宁静自如"的境界。从而感受到大自然的无为状态，体悟到圆通的无碍妙境。好精神和好心情有益于健康，这是人所皆知的。

参加太极拳活动，身临优美的环境，呼吸新鲜的空气，伴之行云流水般的动作，恍若步入仙境。此时此刻，极有利于消除人的烦闷、焦虑、孤独和忧郁，减除老年抑郁症，治疗心理障碍病症，真是一服千金难买的良药。习练太极拳对大脑有保护和开发作用，因打拳时思想高度集中，以意导气使大脑皮层进入保护性抑制状态。通过太极拳锻炼可以消除大脑神经的紧张疲劳，清醒头脑，活跃情绪，恢复神经系统的动态平衡。

2.对心血管循环系统的影响

练习太极拳时，随着机体的运动，加强了血液及淋巴的循环，减少了体内的淤血现象。练习时要求气沉丹田，由于呼吸的加深，从而促进了冠脉循环，加强了心肌的营养。此外，由于练拳后血中载脂蛋白含量增加，对预防动脉硬化也有良好的作用。再加上饮食合理，高血脂、高血压、冠心病等循环系统疾病就会少患及改善。据研究调查，常打太极拳者平均血压 131/80.5 毫米汞柱，对照组老人 154.5/82.7 毫米汞柱。两者收缩压相差 23 毫米汞柱。动脉硬化指标太极拳组为 39.5%，一般老人为 46.4%。

国内研究发现，太极拳练习后恢复期内舒张压低于运动前水平。由于舒张压影响冠脉血流，运动后舒张压下降对于心肌的供血具有重要意义，这说明太极拳可以减少外周阻力，从而改善外周循环。尤其是舒张压较低使冠状动脉对心肌供血具有重要意义，同时对高血压患者具有良好的康复保健效果。

太极拳有很多姿势都能促进血液静脉回流，改善全身血液循环状况，加强了心肌营养，对机体是一种良性刺激。研究发现，练习太极拳后，左心室收缩末期内径（ESD）减小，舒张末期内径（EDD）增大。根据 Staring 定律：心脏收缩产生的能量是心肌纤维初长度的函数，随着 EDD 的增加，舒张末期容积（EDV）亦增加，必然引起心肌纤维初长度的增加，从而使心脏收缩力加强，有利于血液的排出，增加心每搏输出量。

北京医学院运动医学研究所曾对 32 名练拳老人和 53 名相应年龄的不运动老人作了心血管功能检查比较。练拳组除 1 例外，全部顺利完成 1 分钟内上下 40cm 高的台阶 15 次的定量运动，达到 100%。对照组完成此项运动的比率随年龄增高而下降，50 岁组、60 岁组、70 岁组和 80 岁组依次仅为 85.9%、54%、5% 和 2%。

微循环是指微动脉与微静脉之间毛细血管中的血液循环。细胞所需要的养料以及排出的废物依靠上述各种血管共同完成运送，这一运送过程就称为人体的微循环。

微血管的这种自律性运动与心跳并不同步，起着第二次调节供血的重要作用，被当今医学界称为人体"第二心脏"。现代医学已证明：人体的衰老、高血压、糖尿病及许多心脑血管疾病都与微循环功能发生障碍有着密切关系。人体的毛细血管微循环不通畅，会逐渐引起组织细胞和脏器的衰老。所以微循环的功能正常与否，是人体健康状态的重要标志。

太极拳"以意行气，以气运身"，强调体内气血的畅通。只要练功得法，经过一定时期的练习，在行拳时就会产生出"气"的感觉，如手指有胀、热、饱满感，腹腔内气流咕咕作声，乃至有虫爬蚁走样刺痒的感觉等等。以上的感觉，实际上是人体气血循环加快，体内毛细血管扩张，也就是微循环加速的外在表现。

徐明等在《老年人太极拳运动前后心肺功能的变化》一文中，发现通过系统观察测试部分长年参加太极拳锻炼和无训练者在完成规定的太极拳运动前、运动中、运动后的心肺功能指标变化时发现：长期从事太极拳运动的老年人的心脏射血速度和射心血加速度均显著性优于无训练的普通人（$P<0.05$），而且肺活量也显著大于普通人（$P<0.05$）。此外，一系列指标显示长年从事太极拳运动对促进老年人心肺功能的改善确实具有积极作用。

3.对呼吸系统的影响

练太极拳可使呼吸逐步加深，通过横膈上下鼓动，牵动胸腹运动加强，对五脏六腑起到"按摩作用"，这是药物所达不到的效果。太极拳的深长呼吸使肺脏呼出大量二氧化碳，吸入较多的氧气，提高了肺部的换气效率，同时增强了肺组织的弹性，这可使肋软骨骨化率降低，胸廓活动度加大，对肺癌和肺气肿的防治有一定的作用。

经常练习太极拳在吐故纳新加强气体交换的同时，对保持肺组织的弹性、胸膈活动度、肺的通气功能都有良好的影响。北京运动医学研究所的资料提示练拳老人的肺活量较对照组大，胸围呼吸差也较大。上海体育科学研究所观察50人练太极拳6个月后，肺活量平均由2588ml增至2765ml(P＜0.05)；另一组在练拳1年后肺活量自2556ml增至2780ml（P＜0.01）表明坚持长期打拳，则肺活量改善更明显。

科学研究表明，肺活量的大小与呼吸力量的大小及生命长短成正比，呼吸波的长短粗细是体质强弱的重要标志。太极拳中"深、长、细、缓、匀、柔"的腹式呼吸，保持了"腹实胸宽"的状态，增强了呼吸功能，能在保持一定呼吸频率、不过分刺激呼吸系统的情况下，又能吸进大量的新鲜空气，这种呼吸方式使呼气、吸气都比较充分。加大了肺内气体交换程度，有效地促进新陈代谢。

4．对消化系统和内分泌系统的影响

太极拳迈步如猫行，动作如抽丝。不用拙力而轻柔缓慢，不易肌肉酸痛、大汗淋漓，长期有节律的腹式呼吸使横膈肌活动加大，膈肌上下活动，腹肌的收缩和舒张，对肝脏、胃肠均起到了自我按摩的作用，促进肠胃器官蠕动加快，促进食欲、加强消化机能，使肝、肾随之发生明显运动，促进了肝内血液循环，提高了胃肠的运动能力，促进蠕动、消化和吸收的能力，增强了消化系统的功能，改善了体内物质代谢。如此，胸腔、腹腔的器官血液旺盛，吸收机能加强，对诸脏腑产生的疾病，如肠胃消化不良、糖尿病等都会收到良好的疗效。

经常练太极拳，能使胃肠功能增强、弹性增加、运动加快，从而改善消化系统的血液循环，这对预防和推迟消化道的老化十分有益，对大便结燥者有明显改善。同时，太极拳能改善中枢神

经系统的调节功能，可以防治某些因神经系统机能紊乱而导致的消化系统疾病。练太极拳时，还要求"敛臀"即提升肛部，这有助于促进肛周的血液循环，加强肛门括约肌的收缩能力。长期练习，有活血化淤、疏通经络的作用，不仅可以防治痔疮，还能有效地防治肛门脱垂、痔核下落等疾病。

许胜文等对51名老年太极拳拳师进行了下丘脑－垂体－性腺轴神经内分泌功能的研究，与17名老年对照组及17名成年对照组相比，发现拳师组垂体激素TSH高于两个对照组，提示拳师组内分泌的代偿能力较强，对保持正常代谢、延缓衰老有积极意义。

5.对调节血脂和减肥的作用

高血脂症患者过氧化脂质水平增高，高血脂症患者伴有脂代谢紊乱，其特点是：血浆甘油三脂（TG）、总胆固醇（TC）、低密度脂胆固醇（LDL－C）浓度升高，高密度脂蛋白胆固醇（HDL－C）浓度降低。

国内研究报道，练习太极拳能使中年人血液TC、LDL－C水平显著下降。常年坚持太极拳运动可调节脂类代谢，降低血糖，增加HDL－C及HDL－C/TC比值。而血浆HDL含量与冠心病发病率成反比。太极拳练习可使血液非酶抗氧化能力显著提高，对改善老年人的血脂代谢、提高机体供氧能力、延缓衰老有着积极的作用。

上海体育科研所的资料表明，练太极拳1年后，血甘油三酯和总胆固醇均有下降。因各种疾病在疗养院住院的病人，练拳者15例，每天打太极拳40分钟，1个月后与17例对照组比较，高

三、太极拳养生原理

密度脂蛋白胆固醇上升，因而抗动脉粥样硬化指数明显升高，致粥样硬化指数明显下降，对照组则无变化。说明太极拳练习尽管运动强度不太高，同样具有改善血脂水平的作用。

　　章江洲和许豪文测试了长期坚持太极拳练习的25人与同龄不练拳34人对照，观察血浆脂质过氧化水平（LPO）、全血超氧化物歧化酶（SOD）、谷胱甘肽过氧化水平（GSH-PX）及过氧化氢酶（CAT）等抗氧化酶活力。结果显示太极拳组LPO低于对照组，反映机体抗氧化能力的SOD、GSH-PX活性太极拳组高于对照组，SOD对降低脂质过氧化水平起着重要作用。

　　练太极要求虚领顶颈，含胸拔背。必须做到颈椎、胸椎、腰椎保持正直，使前胸和上腹肌处于微微内涵的状态并且随着动作的变化，上腹肌处于细微的收缩状态中。长期锻炼，能减少上腹部脂肪的堆积，增加腹肌的力量。练太极要求气沉丹田，呼吸深长。太极拳要求练习时动作配合呼吸，逐步达到呼吸深长，气沉丹田的目的。这就需要胸腹式呼吸，使膈肌向下舒张，扩大肺活量。减少脂肪堆积，减轻由此而造成的负担。如"白鹤亮翅"、"提手上势"等动作能体会到上腹肌和横膈肌的运动。练太极要求主宰于腰裹裆含。以腰部为宰，由腰部的运动变化来引领、控制其他肢体动作，而腰部的运动则带动了下腹部的肌肉锻炼，不但有利于消除腹部的脂肪堆积，而且能逐步收到"气宜鼓荡"之效。如"单鞭"这一动作锻炼了腰臀及大腿内侧的肌力并刺激了"足三里"穴位，既能起到减肥效果又能增强人体免疫功能。如长期坚持，必定能促进肠胃蠕动，消耗脂肪，排除糟粕，除去赘肉，增加肌力，起到减肥之效。

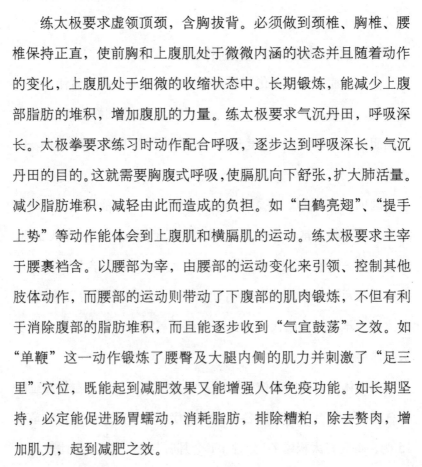

6.对肌肉、骨骼和关节的影响

太极拳长气致柔，防止了骨质、关节、韧带的老化。老年人骨质疏松发脆、关节旋转不灵、韧带松弛、血管口径狭窄，无不是失去柔韧性的结果。太极拳行功走架，旋指、旋腕、旋膀、旋腰，撑裆开胯，抻筋拔骨，缠绕拧翻，所有招式动作，无不在划弧走圆中完成。这种螺旋运动的内涵，其实就在于强化周身筋、骨、皮肤及其内脏各部器官的弹性，亦即柔韧性。

太极拳具有弧形动作，能使全身各部分肌群和肌纤维都参加活动，通过反复地缠绕绞转，使肌肉拉长到一般运动所不及的长度，长年累月，一张一弛，使肌肉匀称丰满，柔软而富有弹性，并增强收缩的能力。由于肌肉的收缩，对骨骼的牵引作用以及新陈代谢的加强，骨的血液供应得到改善，使骨的形态结构功能都发生良好的变化，骨质变坚固，这就提高了骨的抗折、抗弯、抗压缩和抗变形等方面的能力，使骨骼不易发生变形和畸形，使关节周围的肌肉、关节囊和关节韧带受到良好的锻炼，增强了关节的稳固性、柔韧性和灵活性。

太极拳特别注意腰部活动，锻炼后可增强肾功能，同时再加上腹肌和膈肌的配合，对腹内器官淤血的消除和肠蠕动功能的改善有积极影响，对腰背痛的防治作用突出。

经6个月太极拳练习，确能减低胫骨的骨矿物质丢失率，有效地减低骨折的发生机会。另外，练习太极拳能显著改善肌肉力量及柔韧性，从而达到防治骨质疏松和预防由于摔倒而引起的早老性骨折的目的。有效地减少骨矿物质的自然丢失，使骨密度多年保持稳定，有效调节骨钙、血钙平衡。

北京、上海和广州对练拳老人进行脊柱活动度检查，被检者伸膝站立，向前弯腰用手触地，其结果练拳老人较对照组明显为优。表明练拳人的骨关节、韧带的柔韧性明显优于普通人。

北京医科大学运动医学研究所曾对练拳 10 ～ 70 年的 31 例老人（年龄 50 ～ 85 岁）与 36 例住养老院老人（年龄 50 ～ 89 岁）进行脊柱 X 线摄片，两组老人的骨质疏松、骨椎变形及椎体前缘压缩的发生率有明显差异；练拳组的椎体唇样变发生较少。

太极拳要求姿势中正，不偏不倚，"一动无有不动"，全身骨骼处于柔和活动中，既纠正了不良姿势，又锻炼了颈椎、腰椎、上下肢肌肉骨骼。加上户外空气新鲜及阳光中紫外线适量照射，有利于体内维生素 D 的合成，人体钙质容易吸收，也就少患由骨质疏松而引起的骨骼变形折裂。

7.对泌尿、生殖系统的作用

练习太极拳能增加汗液分泌排除更多的体内"垃圾"，又通过腰胯部活动，有利于肾脏和泌尿系统的健康。由于意识和动作的紧密结合，精神安静且高度集中，能增进体内津液的分泌，能双向调节内分泌腺、激素，从而影响泌尿系统的功能。

太极拳的主要治疗原理为：调和人体阴阳气血，协调脏腑，疏通经络，宁神定志，激发人体潜能，身、息、心并调，精、气、神并练，动静结合，身心双调。

慢性前列腺炎多有气机不畅、气血凝滞，淤阻脉络，腺管堵塞，分泌物淤积和局部微循环受阻症状。打太极拳要"松胯圆裆"，对前列腺疾病有很好的舒缓作用。打太极拳要"气沉丹田"，太极拳站桩要"意守丹田"，通过"以形引气"，"以意导气"，内气

昭光健康直通车

60

对前列腺进行循环不息的反复按摩，可清除前列腺分泌物淤积，促进引流，排出秽浊之分泌物，疏通尿路。

太极拳除全身放松，再以意导气经会阴穴至尾闾穴，沿督脉上冲至百会穴，内气循环不息地刺激副交感神经，并从丹田经会阴至尾闾，不断地按摩前列腺，增强机体正气，提高抗病能力和自我修复能力，达到扶正祛邪、化淤通阻的治疗功效。

范振华等调查了上海平均练习太极拳 25 年的 50～79 岁的男性 80 人，与同年龄组退休职工 141 人的资料相比，表明长期练习太极拳有利于延缓老年性机体的萎缩。

太极拳讲究"命意源头在腰际"，是"以腰为轴"的全身各部位肌肉、关节、内脏器官的全面运动，练习过程中的"丹田内转"、"深长呼吸"、"松腰松胯"和"腰脊旋转"必然会引起肠胃、肝肾、腰腹及肛臀等脏腑部位的起伏、揉搓和挤压。这使得生殖系统，尤其是男性睾丸和女性卵巢不断得到刺激与锻炼，能疏通经络，提高其性生理功能，是保养生殖系统的积极手段。经常进行太极拳锻炼，可预防肾虚，同时泌尿系统的功能也得到提高，对于增进健康、抗衰老、保健养生都是十分有益的。

三、太极拳养生原理

8.对免疫功能的影响

通过太极拳锻炼可大大增强人体免疫功能，提高免疫组织、免疫器官和免疫细胞等的能力，有很好的功效。

太极拳能增强机体对疾病的抵抗能力。有人用玫瑰花结的形成研究了练太极拳的老年练拳组与对照组各 30 人，总 E 玫瑰花结（ET）与活性玫瑰花结数（EA）均较对照组为高，经常练拳可能有增强非特异性细胞免疫能力的作用。

太极拳对精神具有良好的康复作用，使人体中枢介质和内分泌发生变化。因此，锻炼者会感到轻松、安宁。血浆皮质素的减少，意味着人体衰老过程变慢，免疫系统功能得到增强。

9.对孕妇的作用

太极拳作为群众性健身的一项最为主要的运动，几乎在所有的大公园、社区健身点和综合性的健身俱乐部都可以看到，但相对来说，女性练习太极拳者远远较男性少。女性练习太极拳利国利民，一点都不夸张。首先，对未育者则非常有利于优生优育，有利顺利生产，保障母子平安。太极拳是有氧运动，孕者坚持练习可保证供给宝宝足够的氧气，生出来的婴儿会更健康，更聪明。

（四）太极拳功效产生的机理

1.经络的导引是养生的基础

太极拳锻炼中肢体和全身的运动可导引经络内气血的贯通，调节阴阳平衡。

人体中存在着十四条重要的经脉，中线有两条奇经和十二条经脉。十二条经脉与十二个脏腑密切相连，心、肝、脾、肺、肾、大肠、小肠、膀胱等等。位于人体背部的正中线的督脉，是沿人体背部的脊柱从头顶到尾椎，它的运行终点是长强穴，它位于尾椎的骨尖位置。太极拳所有的弯腰动作和背部旋转的动作都以督脉作为一个轴。

第二条奇经是任脉，任脉在人体腹部的正中线，从人体的鼻尖、两眉之间一直往下到耻骨联合的位置，所有腹部运动的动作都是以这条经脉作为轴进行的，任脉和督脉一前一后，一个调理人体的阴气，一个调理人体的阳气，通过腹部和背部的配合，形成一个养生的气血的循环，其作用是十分重要的。

头部的运动跟足三阳的经脉有关系。我们在练习太极拳过程中，例如在做云手动作时，头部以大椎为轴进行旋转，它的经气是通过足少阳胆经经脉运行下来，逐渐达到足部的。很多治病机理都与足三阳经关系密切。与足三阳相对应的是足三阴经，足三阴经是一条从脚开始上到头的经脉，所以太极拳的脚步，如虚步、丁字步、跺脚、抬脚引气等的动作，都是通过这三条经脉，如肝、脾、肾这三个经脉上升到人体的脏器的，由此可见，太极拳脚步的运动对肝、肾、脾的保健有着重要的作用，这就是太极拳治病的经络基础。

太极拳的养生锻炼过程中肢体的运动就意味着经络气血的贯通，而身法则意味着气血阴阳的调整。例如：肩背部的督脉、胸腹部的任脉、腰部的带脉、上肢的三阳脉、下肢的三阴脉，都与身法和肢体的运动和调整有关。因此，练太极拳时对周身各部位皆有要求，如提顶、含胸、拔背、裹裆、溜臀、松肩、坠肘、展指、舒掌等等。总的要求身法是"中正安舒"四个字，为了达到"中正安舒"的要求，打出太极拳的韵味与实效，而又不致使练习者觉得太难学，特规定了"三线"要求。

（1）水平线：目的在调理三阳脉，即在运动中，头部运动的轨迹在一条水平线上，除下蹲动作外，不可上下波动。为了防止练习者练习时头部轨迹上下起伏，提示练习者假设头顶上有碗水，要使水不洒出，头部应尽量保持水平运动。

（2）垂直线：目的在调理任脉、督脉，即要求练习者在练习时，躯干要与地面始终保持垂直，避免前倾后仰。

（3）弧线：目的在连接三阴三阳脉形成循环系统后，即手臂运动的形式为平圆、侧圆、立圆。

"三线"的要求具体、形象，能使练习者通俗易懂，避免了太极拳"中正安舒"抽象的身法要求，使练习者可望也能及，健身效果非常好。

根据中医传统的经络治病原理和太极拳的经络治病原理，如何使二者相互呼应，为了便于学习与掌握，可归纳提出以下四条：

第一，动作与相近的部位形成对应的治疗关系。比如起势，在起势的过程中两手抬高，在抬手的过程中，它对腹部的脏腑起了一个气机的升降导引作用，这就是临近治疗原则。

第二，交叉对应、相辅相成的治疗作用。人的经脉是从左至右，从右至左的，这与现代医学的神经解剖来看是相吻合的。比如一个人出现了右边肢体的麻木或者是偏瘫，往往交叉在对侧脑部出现了病变，而不是在同侧。太极拳也是这样，当左侧的肢体在运动的时候，是在调理着右边的经脉，这种交叉作用就是对应相辅相成的治疗作用。

第三，表里原则。在练习太极拳起势动作中，起势看起来是在调理和运动腹部的器官，但是根据表里治疗的原理，是在调理腹部器官的同时，对背部的器官进行相应的治疗，这就叫表病里治，背病腹治。

第四，上病下治。例如治疗高血压。在做单鞭的时候可以治高血压，而单鞭动作的疗效往往落实到脚部。这是一个典型的上病（*高血压病发生在脑部*）下治的例子。所以说经络是通过一个有机的联系，把人体的经脉变成一个有机的系统，在太极拳的锻炼过程中，彼此呼应，就构成了太极拳治病的经络基本原理。

中医学认为，经常打太极拳之所以健身，是因为此项运动能通经络、补正气。当太极拳练到一定程度后，便产生腹鸣、指麻等体内行气现象，如再坚持练习，到一定功夫便可通任、督、带、冲诸脉，同时增加丹田元气，使人精气充足、神旺体健。

2.呼吸的牵拉作用

在一般的太极拳锻炼过程中，要求锻炼者采取匀速呼吸的方式，呼吸要尽量不留痕迹，这被看做是太极拳打得好的一个标志。但是为了提高治病的效果，在呼和吸的过程中，要求要适当夸张一些，或者要求在某些时候用意念去引导呼吸的进行。谈到太极拳养生的呼吸牵拉作用，有两个重要穴位，一个穴位叫膻中穴，这个穴位通常在太极拳的锻炼过程中被看做是胸式呼吸调节的一个重要穴位。另一个呼吸调节点是神阙穴（*位于肚脐*），是腹式呼吸的一个重要调节穴位。

众所周知，胸式呼吸主要是对胸部的肌肉利用呼吸做一个牵拉，对于胸部的肺脏和心脏都起到牵拉和按摩的作用。腹式呼吸的范围更广，对于腹部的肝、胃、脾、大肠、小肠，甚至包括盆腔里的膀胱、子宫，在呼吸过程中都会随着它的运动而运动，客观上起到一个推拉、牵移的作用。在太极拳的锻炼过程中，凡是以手部以胸部作为主要动作的环节，都与胸式呼吸相互对应。如云手，在云手操练过程中，可以把云手这个位置往下放，放到跟膻中穴平行的位置，这时利用胸式呼吸，来起到对胸部、肺和心脏进行养生保健的作用，起到一个柔和的内脏按摩的作用。同样道理，在太极拳套路中凡是以脚以足部作为主要操作环节的功法，比如单鞭、踢腿，都要求以腹式呼吸配合来进行。

在太极拳练习过程中，出手为呼，收手为吸，升的动作为吸，降的动作为呼，上提的动作为吸，下沉的动作为呼，动作的开为吸，合为呼，转身和各势的过程以小的呼吸来做连接，并常常结合手足及身体的姿势来进行。在太极拳吸气的过程中，有长吸和短吸两种，呼也有长呼和短呼两种。

根据治病的需要可以选择长吸短呼，短吸长呼，长吸长呼，短吸短呼这四种呼吸的调节方式。在治疗慢性疾病特别是病程较长的疾病采取长吸长呼的方法，因为长吸长呼对人体的补和泻的作用相对来讲更为明显。在治疗一些外伤或者是一些非劳损性的疾病的过程中可以采取短呼短吸的方法。

另外长吸短呼和短吸长呼，它牵涉到太极拳在治病过程中的补和泻的概念。人体的疾病分为两类，一类是实证，一类是虚证。如妇女在生产之后，出现子宫下垂，而瘦弱的成年人出现内脏的下垂，包括肾下垂，胃下垂，从养生角度来讲是属于人体的气血不够，不能够托引内脏恢复到原位，它是属于气虚证。因此，我们在治疗训练过程中，需要采取以补为主的呼吸方式，这时候需要长吸短呼，以补为主，吸是补的表示。

另外像大便秘结，从养生角度讲是实证。病理产物或者代谢产物堵塞在人体的脏器中, 对人体正常的机能产生压抑所导致的, 它不是人体的亏损所导致的, 这样就采取泻法。泻法就是短吸长呼, 这就是对呼吸的要求。

我们知道, 所有的内脏均由平滑肌或心肌所组成, 内脏的运动、分泌等机能均由植物性神经, 即交感神经与副交感神经所支配。虽植物神经的作用有效而协调, 但均不受人的意识所直接调节与控制。很容易理解的是, 我们无法主观调节, 使心跳加快或变慢; 使胃肠蠕动加快或减慢; 也无法有意地调节尿生成增多或减少等等。内脏功能之所以协调有序地进行, 完全在于植物性神经调节的作用。在所有内脏功能中唯一例外的是呼吸功能, 可以认为呼吸功能有两重性, 一种是自主呼吸(**不随意的呼吸**), 如睡眠或平时安静时不注意的条件下的自主呼吸; 此外, 另一种是有意识的、在脑的主观意识调节下的呼吸, 例如, 唱歌, 讲话, 有意的屏气或主动做深呼吸等等。关键的是, 肺不可能自主地舒缩。只有依赖于胸廓的运动下进行被动地舒缩, 气体才会自由地出入气管与肺。有趣的是, 胸廓运动的肋间内肌、肋间外肌和膈肌均是骨骼肌, 不接受内脏植物性神经支配, 而受体躯的肋间神经与膈神经支配。而这种神经是受大脑意识所支配。所以我们能随意地吸气、呼气、屏气……在我们进行非意识调控下自主呼吸, 则全靠在脑干的呼气中枢、吸气中枢的自动调节。

令人惊奇而值得关注的是, 在脑干中的呼吸中枢的周围有许多内脏的调节中枢, 如心运动中枢、血管运动中枢、呕吐中枢、胃肠运动与分泌中枢、咳嗽中枢、发汗中枢等等。

几千年前古人已知道通过导引（呼吸）可以调节人体内脏。我们现在可以从当代生理学中理解一个十分浅显而又十分深邃的原理：太极拳就是通过躯体的节律性有序的活动，特别是缓慢的呼吸运动，而影响了脑干中的诸多相邻的内脏中枢的兴奋与抑制，因而有序地调节了内脏机能。而且，在天长日久的锻炼之后，竟把相关有病的脏器也都调节正常了。（图 3-2）

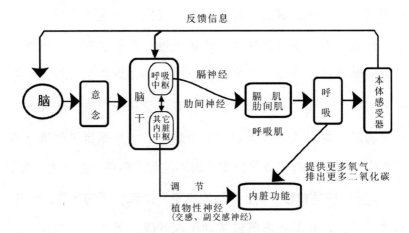

图3-2 太极拳与相伴的呼吸牵拉作用机制

打拳时，脑产生的意念，兴奋躯体运动神经发动打拳动作同时，通过躯体运动神经——膈神经和肋间神经发出神经信号，引起与该动作相伴的有节律、缓慢的呼吸动作。1.呼吸动作因为有节奏地兴奋了呼吸肌的本体感受器，通过反馈可对脑、脑干神经有良性作用；2.由于呼吸有效进行，为内脏提供更多的氧气，排出更多二氧化碳，从而促进内脏功能；3.因膈肌有节律地上下收缩舒张活动，对肝、肾、胃肠有良好的按摩作用，有助于促进内脏蠕动、分泌、消化、加强吸收，也促进内脏血液循环；4.更重要的是，由于呼吸中枢的兴奋对与其相邻近的心血管中枢、胃肠活动中枢等发生相互作用，通过交感、副交感植物性神经更好地调节内脏功能。

以上诸多方面机制产生良性循环，相得益彰，故太极拳作用良好，值得深入探讨。

由此可见，人体虽然无法直接通过意念调节机体的内脏功能，但是通过调节呼吸的节律、强度、速度及方式等，却可以有效地间接调整或改善内脏的功能。这是古人导引术之机制所在，也是气功、太极拳产生如此良好养生作用的根本机制。

3.意念的诱导作用

太极拳的锻炼过程中必须强调意念，因为意念在太极拳治病过程中起较大的作用。可归纳为如下三点：

（1）意念是太极拳锻炼的原动力

当一个太极拳的锻炼者开始采取特定的姿势进行防治疾病的时候，首先是个意念，这是通过大脑思维而产生的"意念"，应该说是先有意念然后才有动作。当动作开始的时候，意念也已经开始，起始动作能调动意念，用这个意念来带动下面动作的完成。用现代生理学解释，大脑思维发动太极拳动作，久而久之，则条件反射形成动力定型。

举例来说，有一个患心绞痛的中年女性，血脂、胆固醇都高，最近发现右前臂总是有点麻木，早晨起来感到左手的拇指有轻微的麻木现象，偶感舌有点僵硬，这是心绞痛发病之前的先兆症状。通过太极拳的一个导引动作来缓解症状，又通过白鹤亮翅意念对于经气的导引，对胸部肌肉的牵拉刺激心血管的运行，使心血管的淤血可以排除。其结果对有冠心病症状的病人产生了很好的效果。这绝不是一种动作的心理暗示，而是意念产生动作，动作又疏导了体内气的流动，疏通了经络，通则不痛，效果明显。

值得注意的是动作开始以后，必须使意念随着你的动作而流动。那么意念流动从什么时候开始呢？从手的动作开始，跟踪你的手部动作，整个过程中，始终用目光跟踪这个手，这样做，我们就做到了意念既有起点，又有流动点。使意念的流动和身体的姿势的流动合为一体，那样疗效就会很好。以中医理念体会，这是意念→动作→体内气的流动→促使血淤被疏通。

(2) 意念是一个个动作连接点

太极拳是由若干个独立的动作组成的，动作之间的联系有多种，一个重要的联系的方式，与联系的关键因素就是意念。当你做完一个动作，意念转移到下一个动作时，就会不由自由地做一些连接的动作，这个动作一方面保证了你身体上的适应性，另外一方面也保持了动作的连贯性。

在整个动作的操作中，必须及时地把意念从上一个动作移到下一个动作，而且在动作的协调方面及时地跟进，所以整个动作看起来毫无涩滞，比较协调，这正是我们太极拳所追求的一种具有针对性的连贯的养生保健的结果。

(3) 意念是太极拳治病的一个调节点

养生太极拳锻炼中，有一个固着点，这个固着点就在病灶的附近，即离病灶最近的人体的关键的部位即意念的调节点。在治疗内脏下垂时，我们就可以把固着点停放在一个人体很重要的穴位——神阙穴，以这个穴位为中心引导动作完成。

在整个操作过程中，意念从神阙穴发出，逐渐从神阙穴相平的起势开始引导意念，通过独立托掌式随着手掌的运动，最后随着手掌的收势又回到肚脐的神阙穴。这就是整个意念完整的流动过程。从调节点起再回到调节点这正是通过整个意念完整的流动过程。

从现代观点分析，大脑的意念，一方面可以发动外周的躯体运动。另一方面，大脑的意念也可以通过脑内各级植物性神经中枢（下丘脑、边缘系统、脑干等），一方面作用于交感及副交感神经。另一方面，也可以作用于神经某些部位产生神经化学递质，对内脏产生明显的效果。这也是中医所谓的气与血的相互依存的关系。

4.气血是调节的灵魂

气一是指人体流动着的富有营养的精微物质，另一是指脏腑的机能活动。气的最初来源禀赋于母体。出生以后，人体就从以下两个方面来摄取和滋生具有营养的物质的气。一是天空之气，由肺的呼吸而来；另一是水谷之气，由饮食物通过脾胃消化吸收而来。以上两种气的来源，一是空气——氧气；一是水谷之气，都是具有营养物质的气。空气与水谷之气相结合，藏之于肾，充沛于全身，称为真气，是温养全身组织，推动脏腑功能活动和维持人体生命的原动力。物质的气，概括起来有温煦、保卫、生化、固摄及动力等作用。机能活动的气的作用，因脏腑功能不同而名称各异。各脏腑之气，如心气、肝气、脾气、肺气、肾气、胃气等等，统称为正气。

气是营养人体的精微物质，又是促进人体生成变化的内部动力。气既有本身运动变化的规律，又可通过人体结构而表现出脏腑组织的机能活动。由此可见，气在人体生理上占有极为重要的地位。

血是在人体内流动着的具有营养作用的红色液体物质。在心气的推动下，循环于全身，其作用主要有下列两个方面：1.营养作用。血在体内流注，濡养五脏六腑，脏腑得以发挥其正常的生理功能。2.运载作用。血由于气的推动，才能正常循行，但气又必须依靠血来运载。这也是"血为气母"的道理之一。

血与气的关系密切，二者保持着相互对立、相互依存的对立统一关系，它们依据一定的条件相互转化。因此，在生理上血具有同等于气的重要地位。血与气正常时在人体内相互协调，保持相对的平衡，即"阴平阳秘，精神乃至"。

练太极拳时，在全身放松和顺逆缠丝相互变换之下，动作要求有柔有刚、富于韧性。它的动作要求一动全动、节节贯串、相连不断；速度要求有快有慢、快慢相间；力量要求有柔有刚、刚柔立身，虚中有实、实中有虚。使全身大小肌群和关节都得到锻炼，产生疏通经络、流畅气血的效果。实验研究发现，练太极拳有改善心血管功能，并有促进微循环的作用。练拳时在内是意气运动，在外则是神气鼓荡运动，"只要意到气就到，气到劲也到"，就能"以气运身"。"意"为"心"控制着"气"，"气"是指通过神经和体液性调节传递高级中枢的信息，调节体内的营养物质、氧气的供给，以提供能量；以气运身是指神经、体液调节的信息和能量供给躯体、四肢，使其产生相应的代谢变化和运动变化，可谓"气到劲也到"。由于躯体(包括内脏)和四肢运动与代谢的变化，必然产生相应的反馈信息，以调节大脑中枢的活动状态，而大脑中枢再来调节躯体、四肢的运动，使肌肉运动更加协调、敏捷，从而得到更充分的营养和氧的供应。长期练拳能使肌纤维逐渐变粗，肌肉中的结缔组织也逐渐增多，提高肌肉收缩和舒张的能力，增加肌肉力量，使肌肉更加结实、丰满。(图3-3)

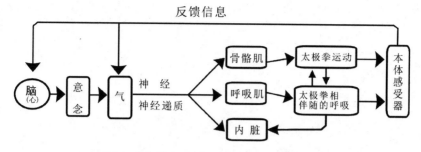

图3-3 太极拳促进神经和神经递质调节机体

　　脑通过意念，产生并推动内气，通过神经信号及神经递质内啡肽、多巴胺等影响与调节机体机能。骨骼肌、呼吸肌两者相协调，使打拳与呼吸有机配合的动作，并刺激本体感受器产生兴奋，反馈作用于中枢神经（中医将脑也包括"心"之中），同时，太极拳运动与相伴随的呼吸也对内脏活动有良性作用。其中气血的机制与神经信号及神经递质存在值得探讨的相互协调的关系。

四、24式简化太极拳

24 式太极拳分为 8 组，从"起势"至"收势"，共 24 式。它充分体现了太极拳动作柔和、缓慢、圆活、连贯的特点。

24 式太极拳的动作名称与动作提要为：

预备势：身体自然站立。

第一组

1. 起势：两腿马步半蹲，两掌下按。

2. 左右野马分鬃：连续上步，左右弓步分靠。

3. 白鹤亮翅：手脚跟步，左虚步分掌。

第二组

4. 左右搂膝拗步：连续上步，左右搂膝弓步推掌。

5. 手挥琵琶：后脚跟步，虚步错手合抱。

6. 左右倒卷肱：连续退步，左右虚步推掌。

第三组

7. 左揽雀尾：左弓步掤、捋、挤、按。

8. 右揽雀尾：转身右弓步掤、捋、挤、按。

第四组

9. 单鞭：转身弓步，勾手推掌。

10. 云手：连续侧行步立圆云手。

11. 单鞭：转身勾手，弓步推掌。

第五组

12. 高探马：后脚跟步，虚步推掌。

13. 右蹬脚：左脚上步，穿手分抱，分手右蹬脚。

14. 双峰贯耳：落脚上步，弓步双贯拳。

15. 转身左蹬脚：转身分抱，分手左蹬脚。

第六组

16．左下势独立：左仆步穿掌，左独立挑掌。

第七组

17．右下势独立：落脚转体右仆步穿掌，右下势独立。

18．左右穿梭：左脚落地转身抱手，右脚上步弓步架推掌，左脚上步弓步推掌。

19．海底针：右脚跟步，虚步下插掌。

20．闪通臂：左弓步展臂推掌。

第八组

21．转身搬拦捶：向后转身搬拳，上步拦掌，弓步打拳。

22．如封似闭：后坐引手，弓步前按。

23．十字手：转体收脚开立，两手交叉合拢。

24．收势：还原成预备姿势。

套路说明：练习者预备势以面向南站立开始为准，动作的方向是以人体的前、后、左、右为依据，不论怎样转变，总是以面对的方向为前、背向的方向为后，身体左侧为左，身体右侧为右。在文字说明中，凡有"同时"两字的，不论先写或后写身体的某一部分动作，都要求一齐活动，不要分先后去做。

预 备 势

身体自然直立，两腿自然伸直，两脚并拢，脚尖向前，胸腹部自然放松；两臂下垂，两手垂于大腿外侧，手指微屈；头颈正直，下颌微收，口闭齿扣，舌抵上腭，精神集中，表情自然；眼平视前方。（图1）

(1) 要点

①要两臂放松自然下垂，肩关节放松，手指自然微屈。

②心要静，思想要集中。

(2) 教学口令

并步直立。

(3) 意气配合

采用自然呼吸法。

(4) 易犯错误、产生原因、纠正方法

①抬头、低头、头斜、颈部肌肉紧张等。产生原因：第一，颈部过分用力或用力不当；第二，眼看上方、下方或斜方。纠正方法：第一，颈部放松自然；第二，眼应平视；第三，下颌微向内收。

②挺胸或凹胸。产生原因：不够放松，肩部紧张向后和采用胸式呼吸或过分追求含胸。纠正方法：第一，两肩放松微向前合，两臂自然下垂；第二，进行自然呼吸。第三，两肩不要过分向前，不要凸腹。

③驼背。产生原因："拔背"不当。纠正方法：背部中间最高位置的第一到第四胸椎骨，意识上鼓起上提，略向后上方提起，而不是故意驼背。

④两臂夹紧。产生原因：肩和臂部肌肉过于收紧，肩未松开。纠正方法：腋下要松开，这样有利于腋下的动脉、静脉及正中、尺、桡等神经畅通，有利于整个上肢的血液供应和神经支配。

第一组

(一)起　势

1. 左脚向左分开半步，两脚平行向前，与肩同宽，脚尖向前，成开立步。两臂慢慢向前平举，与肩同高、同宽，两臂自然伸直，肘关节微屈，肘尖下垂，两手心向下，手指微屈，指尖向前。（图2）

2. 两腿慢慢屈膝半蹲，身体重心平均落于两腿之间成马步；同时两掌轻轻下按至腹前，如按在身前的书桌上；上体保持舒展正直，如端正地坐在椅子上；眼平视前方。（图3）

(1)要点

两肩下沉，两肘松垂，手指自然微屈，屈膝松腰，臀部不可凸出，身体重心落于两腿中间。两臂下落和身体下蹲的动作要协调一致。

(2) 教学口令

左腿开立，两臂前举，屈膝按掌。

(3) 意气配合

此势动作完成 2 吸 2 呼 2 次转换。第 1 动作起步为吸气，落步为呼气；第 2 动作吸气，第 3 动作呼气。

(4) 易犯错误、产生原因、纠正方法

①外八字脚站立。产生原因：用平时放松地站法。纠正方法：两足平行；要虚中有实，实中有虚。

②两臂上举时耸肩。产生原因：肩部紧张。纠正方法：肩要松沉，要以肩领肘，以肘领手。

③下按时两肘尖外撑、上扬。产生原因：屈肘向外。纠正方法：两手掌心朝下，两肘尖垂直朝向下方。

④下按时坐腕。产生原因：劲在腕部不在手掌。纠正方法：按掌时手心朝下，按到终点时须展拳、舒指。

⑤两臂和手过于放松、飘浮无力，出现指尖朝下的"折腕"。产生原因：未掌握内劲由脚而腿而腰形于手指，意未内固。纠正方法：前举时腕不松垂、下按。

⑥下按时手未到位就做下一动作左右野马分鬃。产生原因：没有完整动作的概念。纠正方法：直按到两手与腹同高，再接做左右野马分鬃动作。

⑦上体前俯、凸臀或上体后仰、挺腹。产生原因：未能做到身法中正。纠正方法：上体始终保持正直。

（二）左右野马分鬃

1. 上体微向右转，身体重心移至右腿上；同时右臂收在胸前平屈，手心向下，左手经体前向右下划弧放在右手下，手心向上，两手心相对成抱球状；左脚随即收到右腿内侧，脚尖点地；眼看右手。（图4）

2. 上体微向左转，左脚向左前方迈出，右脚跟后蹬，右腿自然伸直成左弓步；同时上体继续向左转，左右手随转体慢慢分别向左上右下分开，左手高与眼平，手心斜向上；右手落在右胯旁，肘微屈，手心向下，指尖向前；眼看左手。（图5、6）

3. 左脚蹬地左腿伸膝，上体慢慢后坐，身体重心移至右腿，左脚尖翘起，微向外撇；随后脚掌慢慢踏实，左腿慢慢前弓，身体左转，身体重心再移至左腿；同时左手翻转向下，左臂收至胸前平屈，右手向左上划弧放在左手下，两手心相对成抱球状；右脚随即收到左脚内侧，脚尖点地；眼看左手。（图7、8、附图8）

⑦　　　　　⑧　　　　　附图8

⑨

4. 右脚向右前方迈出，左腿自然伸直成右弓步；同时上体右转，左右手随转体分别慢慢向左下右上分开，右手高与眼平，手心斜向上；左手落在左胯旁，肘微屈，手心向下，指尖向前；眼看右手。（图9）

5. 右脚蹬地右腿伸膝，上体慢慢后坐，身体重心移至左腿，右脚尖翘起，微向外撇（45°～60°）；随后脚掌慢慢踏实，右腿慢慢前弓，身体右转，身体重心再移至右腿；同时右手翻转向下，右臂收至胸前平屈，左手向右侧上划弧放在右手下，两手心相对成抱球状；左脚随即收到右脚内侧，脚尖点地，眼看右手。（图10、11、12）

6. 左脚向左前方迈出，右腿自然伸直成左弓步；同时上体左转，左右手随转体分别慢慢向右下左上分开，左手高与眼平，手心斜向上；右手落在右胯旁，肘微屈，手心向下，指尖向前，眼看左手。（图13、14）

(1)要点

上体不可前俯后仰，胸部必须宽松舒展。两臂分开时要保持弧形。身体转动时要以腰为轴，弓步动作与分手的速度要均匀一致。做弓步时，迈出的脚先是脚跟着地，然后脚掌慢慢踏实，脚尖向前，膝盖不要超过脚尖，后腿自然伸直，前后脚尖夹角成45°～60°（需要时后脚跟可以后蹬调整）。

(2)教学口令

左野马分鬃：抱手收脚，转体迈步，弓步分手。

右野马分鬃：转体撇脚，抱手收脚，转体迈步，弓步分手。

左野马分鬃：转体撇脚，抱手收脚，转体迈步，弓步分手。

(3)攻防含义

野马分鬃的手法是下采前靠。例如，对方右手打来，我用右手擒握对方手腕向下采引，同时左脚上步插入对方身后，左前臂随之插入对方右腋下，用转腰分靠之力使对方仰倒。

(4)意气配合

此势动作完成3吸3呼3次转换。第1动作吸气，第2动作呼气；第3动作吸气，第4动作呼气；第5动作吸气，第6动作呼气。

(5)易犯链误、产生原因、纠正方法

①两手是大圆形，方向不正，定势时方向不明。产生原因：对用法不清。以左野马分鬃为例，对手从我左方攻来，我左脚上前一步，用左手向敌腋下分靠。如我左手是一个大圆形，那么手到位时不在对方的腋下，而在对方的头部，这就失去"分"的可能。纠正方法：要

先向前向外，手指高不过肩，这样才能分其腋下，拔其根力。

②转身过大，有散乱现象。以右野马分鬃为例，如左脚错误地外撇大至 90°，使左脚尖指向北面，这样在上右步时就会感到左腿有牵拉感、有别扭感，影响右腿的正确迈步。产生原因：对用法不够理解。纠正方法：脚外撇应约 45°，以不超过 45°为宜。

③两手不走弧形，直来直去。产生原因：对太极拳的特点即圆形运动理解不清。纠正方法：要"曲中有直"，处处是曲线，处处是直线，为曲直两者的统一，要做到随时以弧线转化为直线加以还击。

④动作中迈出的腿落地很重，虚实不清。产生原因：支撑腿未坐实。纠正方法：除步法的虚实转换外，还需和腰裆的变换协调起来，做到迈步轻灵。

⑤身体起伏，重心不稳，左右摇晃。产生原因：重心前移时一蹬而起，全脚掌同时离地，再快速收脚。纠正方法：迈步小些，待全脚踏实时再缓慢地移动重心。

（三）白鹤亮翅

本拳模仿白鹤的形象。取身脊中直，两臂左右对称分展，形如鸟翼，两臂升降旋转之势恰似白鹤之翅膀展晾之形。鹤为长寿之物，展翅为其主要活动，太极拳像其形，取其义以象征太极拳有益寿延年之功效，故而得名。

1．跟步合抱：身体重心前移，上体微向左转，左手掌心向下，左臂平屈胸前，右手向左上划弧，掌心转向上与左手成抱球状；目视前方顾及左手。（图15）

2．转身后坐，虚步分手：右脚跟进半步，上体后坐，身体重心移至右腿，上体先向右转，面向右前方，眼看右手；然后左脚稍向前移，脚尖点地成左虚步，同时上体再微向左转，面向前方，两手随转体慢慢向右上左下分开，右手上提停于右额前，手心向左后方，左手落于左胯前，手心向下，指尖向前；眼平视前方。（图16、17）

(1) 要点

定势胸部不要挺出，两臂上下都要保持半圆形，左膝要微屈。身体重心后移和右手上提、左手下按要协调一致。

(2) 教学口令

跟步抱手，后坐转体，虚步分手。

(3) 意气配合

此势动作完成1吸1呼1次转换。第1动作吸气，第2动作呼气。

(4) 易犯错误与纠正方法

①跟右腿时上体前倾。纠正方法：上体仍正直，注意尾闾中正。要步随身换，身体歪斜就会失去平衡，进退转换时虚实不明、下盘不稳就会失去平衡，形成身体歪斜，所以立身须中正安舒，做到上下一条线。

②右脚跟步急促落地。纠正方法：要重心移至左腿，右脚慢慢提起跟步，轻轻落地。

③定势时，低头猫腰，形成上体前俯、挺胸凸臀或上体后仰、挺胯、挺腹。纠正方法：头顶百会穴轻轻上提，头部自然正直，身体也就不易前俯后仰，但也不能硬顶而形成僵直。

④左臂夹紧，手指不向前。纠正方法：肩要松，腋下要留一拳空隙，左手要竖腕。

第二组

（四）左右搂膝拗步

手横过膝盖称为搂膝，是防守对方中、下路攻击的方法，异侧手脚在前称为拗式，其步成为拗步。因此，本势根据动作方法而命名。

1.左搂膝拗步

（1）右手从体前下落，由下向后上方划弧至右肩外，手与耳同高，手心斜向上；左手由左下向上，再向右划弧至右胸前，手心斜向下；同时上体先微向左再向右转；左脚收至右脚内侧，脚尖点地；眼看右手。

（2）上体左转，左脚向前，迈出成左弓步；同时右手屈回经耳侧向前推出，高与鼻尖平，左手向下由左膝前搂过落于左胯旁，指尖向前；眼看右手指。（图18、19、20、21）

2.右搂膝拗步

（1）右腿慢慢屈膝，上体后坐，身体重心移至右腿，左脚尖翘起微向外撇，随后脚掌慢慢踏实，左腿前弓，身体左转，身体重心移至左腿，右腿收到左脚内侧，脚尖点地；同时左手向外，掌由左后向上划弧至左肩外侧，肘微屈，手与耳同高，手心斜向上；右手随转体向上，再向左下划弧落于左胸前，手心斜向下；眼看左手。（图21-1、22、22-1）

（2）上体右转，右脚向前（偏右）迈出成右弓步；同时左手屈回经耳侧向前推出，高与鼻尖平，右手向下由右膝前搂过落于右胯旁，指尖向前；眼看左手指。（图23、24）

3.左搂膝拗步

（1）左腿慢慢屈膝，上体后坐，身体重心移至左腿，右脚尖翘起微向外撇，随后脚掌慢慢踏实，右腿前弓，身体右转，身体重心移至右腿．左腿收到右脚内侧，脚尖点地；同时右手向外，掌由右后向上划弧至右肩外侧。肘微屈，手与耳同高，手心斜向上；左手随转体向上。再向右下划弧落于右胸前，手心斜向下；眼看右手。

（2）上体左转，左脚向前（偏左）迈出成左弓步；同时右手屈回经耳侧向前推出，高与鼻尖平，左手向下由左膝前搂过落于左胯旁，指尖向前；眼看右手指。（图25、26、27、28）

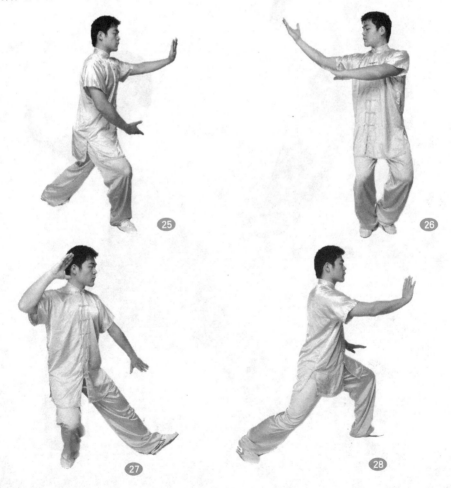

（1）要点

前手推出时，身体不可前俯后仰，要松腰松胯，推掌时要沉肩垂肘，坐腕舒掌，同时须与松腰、弓腿上下协调一致。搂膝拗步时，两脚跟的横向距离保持在 20 ～ 30 厘米。

（2）教学口令

左搂膝拗步、右搂膝拗步、左搂膝拗步。

（3）意气配合

此势动作完成 3 吸 3 呼 3 次转换。第 1 动作到第 6 动作，依次吸气呼气轮换。

（4）易犯错误与纠正方法

①沉右肘，但右臂没内旋，右掌未向里。纠正方法：太极是掤劲，动作走螺旋，所以要手掌内旋，旋腕转膀，沉肘向下。

②向右转体过大，达 90°。纠正方法：转体约 75°，眼不离对手。旋转后停止，检查转体角度。

③旋转时左手靠胸部，造成萎缩，姿势不圆满。纠正方法：腋下要留有余地，约可容一拳地位，使手臂有回旋的余地，不把自己困死。

④右手前击，不是收到耳旁前出，而是远离肩部横着推出，这样造成露肋、散乱，而不合技击要求，因为不能把身手各部合成一劲。纠正方法：右臂弧形移回，使手臂经耳旁成走线往前按出。

⑤两足站在一条线上。纠正方法：左腿前迈时要向左略移，使两脚的横向距离约在 30 厘米左右。应在定势时进行宽度检查。

（五）手挥琵琶

拳中将两手里扣，比作抱琵琶，两手一前一后同时向斜前方抱扣，前手伸出，后手护肘，似挥拨琴弦而称手挥琵琶。

1. 跟步展臂：右腿向前收拢半步，脚前掌轻落于左脚后，相距约一脚长，右臂稍向前伸展，腕关节放松。（图 29）

2. 后坐挑掌：重心后移，右脚踏实，左脚跟提起，上体略右转；左手向左、再向上划弧摆至体前，掌心斜向下；右手屈臂后引。收至胸前，掌心也斜向下。

3. 虚步送手：上体稍向左回转，左脚稍前移，脚跟着地，成侧身左虚步；两臂外旋，屈抱；两手前后交错，侧掌合于体前，左手与鼻相对，掌心向右，右手与左肘相对，掌心向左，两臂像怀抱琵琶的样子；眼看左手。（图 30）

（1）要点

身体要平稳自然，沉肩垂肘，胸部放松，左手上起时不要直向上挑，要由左向上、向前，微带弧形。右脚跟进时，脚掌先着地，再全脚踏实。身体重心后移和左手上起。右手回收要协调一致。

（2）教学口令

跟步展臂，后坐挑掌，虚步送手。

（3）意气配合

此势动作完成2吸2呼2次转换。第1动作跟步吸气，展臂呼气；第2动作吸气，第3动作呼气。

（4）易犯错误与纠正方法

①上体前俯后仰。纠正方法：不论跟后腿还是提前腿，身体必须端正，自头顶、躯干到会阴，始终要保持一条直线，做到"上下一条线"。

②重心上下起伏过大。纠正方法：提右腿跟步时，要坐稳左腿，缓缓提大腿，蓄劲于膝，带起足跟，先落前足掌，然后足跟落地。提左腿时，右腿坐实，先提大腿，蓄劲于膝，膝由屈而伸，要缓缓伸出，脚跟落地。关键在于坐实的腿不可做伸的动作，否则身体重心就会抬起。

③手的移动路线不符要求，如有的合得过近再前伸；有的合得位置过出，只有合没有伸的动作；有的两手太低，太高；有的右手在左臂的腕肘之间；有的右手在肩肘之间。纠正方法：左手由左向前上挑举，高同鼻尖，右手放在臂肘部里侧。

（六）左右倒卷肱

传统上将退步过程中腰胯向后的移动称为撵动，用以引敌人前仆；而退步撤手转移敌人进攻之势，同时又以手击敌人头部。此拳用手臂侧的后方回环倒卷而称为倒卷肱。

1. 重心仍在右腿，上体稍右转，右手翻掌（手心向上），经腹前由下向后上方划弧平举，与头同高，左手停于体前，眼的视线随着向右转体先向右看，再转向前方看左手。（图31）

2. 右臂屈肘卷收，右手收至肩上，折向前经耳侧向前推出，手心向前，左臂屈肘后撤，手心向上，撤至左肋外侧；同时左腿轻轻提起向后（偏左）退一步，脚掌先着地，然后全脚慢慢踏实，身体重心移到左腿上成右虚步，右脚随转体以脚掌为轴扭正；眼看右手。（图32）

3. 上体微向左转，同时左手随转体向后上方划弧平举，手心向上，右手随即翻掌，掌心向上；眼随转体先向左看，再转向前方看右手。（图33）

4. 同2解，唯左右相反。（图34）

5. 同3解，唯左右相反。（图35、36）

6. 同 2 解。(图 37、38)

7. 同 3 解。(图 39)

8. 同 2 解，唯左右相反。(图 40)

(1) 要点

前推的手臂不要伸直,后撤手臂也不可直向回抽,随转体仍走弧线。前推时,要转腰松胯,两手的速度要一致,避免僵硬。退步时,脚掌先着地,再慢慢全脚踏实,同时前脚随转体以脚掌为轴扭正。退左脚略向左后斜,退右脚略向右后斜,避免使两脚落在一条直线上。后退时,眼神随转体动作先向左、右手看,然后再转看前手。最后退右脚时,脚尖外撇的角度略大些,便于接做"左揽雀尾"的动作。

(2) 教学口令

右倒卷肱:转体撤手,提膝屈肘,退步错手,虚步推掌。

左倒卷肱:转体撤手,提膝屈肘,退步错手,虚步推掌。

右倒卷肱:转体撤手,提膝屈肘,退步错手,虚步推掌。

左倒卷肱:转体撤手,提膝屈肘,退步错手,虚步推掌。

(3) 意气配合

此势动作完成 4 吸 4 呼 4 次转换。第 1 动作吸气,到第 8 动作依次做吸气呼气。

(4) 易犯错误与纠正方法

①身体左右倾倒。纠正方法:退步时要有一定的横向距离,保持身体平衡。

②身体重心起伏。纠正方法:一腿退步时,另一腿不可以起立,要保持原来虚步时的身体重心高度。

（七）左揽雀尾

太极拳中将对方手臂比作雀的头尾。用双手持取雀尾，并随其旋转上下，就像轻柔抚摸雀尾的尾羽，将对方手臂缠绕击之，令其无法逃脱。将此形象地比喻为揽雀尾。

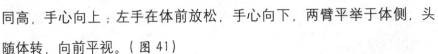

1. 上体微向右转，同时右手随转体由腰侧向右后上方划弧平举，与肩同高，手心向上；左手在体前放松，手心向下，两臂平举于体侧，头随体转，向前平视。（图41）

2. 上体继续右转，右手屈臂抱于右胸前，手心翻转向下；左手划弧下落，屈抱于腹前，手心转向上，两手上下相对为抱球状；左脚收至右脚内侧，脚尖点地；眼看右手。（图42、43）

3．上体微向左转，左脚向左前方迈出一步，脚跟轻轻着地。（图44）

4．上体继续左转，重心前移，左脚踏实，左腿屈膝前弓，右腿自然蹬直成左弓步。两手前后分开，左臂半屈向体前掤架，腕高与肩平，手心向内，右手向下划弧按于右胯旁，手心向下，五指向前，眼看左前臂。（图45）

5．上体微向左转，左手向左前方伸出，手心转向下，右前臂外旋，右手经腹前向上，再向前伸至左前臂内侧，手心向上；眼看左手。（图46）

44

45

46

6. 上体右转，两手同时向下经腹前向右后方划弧后捋。右手举于身体侧后方，与头同高，左臂平屈于胸前，掌心向内，重心后移，身体后坐，右腿屈膝，左腿自然伸直；眼看右手。（图47）

7. 上体左转，正对前方。右臂屈肘，右手收回向前搭于左腕内侧，手心向前；左前臂仍屈于胸前，手心向内，指尖向右；眼看左腕。（图48、49、50）

8．重心前移，左腿屈弓，右腿自然蹬直成左弓步，右手推送左前臂向体前挤出，与肩同高，两臂撑圆；眼看左腕。（图51）

9．重心后移，上体后坐，右腿屈膝，左腿自然伸直，左脚尖翘起。左手翻转向下，右手经左腕上方向前伸出，掌心也向下，两手左右分开与肩同宽，两臂屈肘，两手弧线后引，经胸前收至腹前；眼向前平视。（图52、53、54、55）

10. 重心前移，左脚踏实，左腿屈弓，右腿自然蹬直仍成左弓步。两手沿弧线推按至体前，两腕与肩同高、同宽，手心均向前，指尖向上；眼看前方。（图56）

(1) 要点

掤出时，两臂前后均保持弧形，分手、松腰、弓腿三者必须协调一致。下捋时，上体不可前倾，臀部不要凸出，两臂下捋须随腰旋转仍走弧线，左脚全掌着地。向前挤时上体要正直，挤的动作要与松腰、弓腿相一致。向前按时，两手须走曲线，手腕部高与肩平，两肘微屈。

(2) 教学口令

转体撇手，抱手收脚，迈步分手，弓步掤臂，转体摆臂，转体后捋，转体搭手，弓步前挤，后坐收掌，弓步前按。

(3) 意气配合

此势动作完成4吸4呼4次转换。第1、2动作吸气，第3、4动作呼气；第5动作到第10节动作，依次做吸气、呼气。

(4) 易犯错误与纠正方法

掤（以右掤为例）

①右掤开始两手合时，右臂运行快而先到位。纠正方法：两臂均匀移动。

②右掤开始两手相合时，两手过于近身或是两手远离胸腹。过于靠拢就形成两臂夹紧压迫胸部；过于远离会使动作"散"。纠正方法：姿势要圆满，不散漫，不萎缩。右手腕约在左手腕下，上臂与身体的距离要大于45°，左右臂的大小臂约成90°。

③弓步时两足别扭。纠正方法：如右掤、右脚迈步，要略向身后方向下落，右足尖与左脚弓约在一条线上，两脚要有一定的横向距离。

④右掤定势时两臂位置不对，右手过高或过低，左手过于靠拢身体。纠正方法：对手如击我胸部，我腕贴于他的腕肘之间，用横劲向前上方掤，所以到达约与肩高就可以了。过高自己门户开了，不便防守对方的再进攻。左手是分、是采，手过于靠拢就没有衬劲，因此左手在髋部前约30厘米处为最好。

⑤右掤时抬肘。纠正方法：肘部若远离身体抬肘外凸，则两肘暴露太大，在技击上有害无利，但要注意肘不贴肋。

捋（以右捋为例）

①开始由右掤转捋时，两手直上直下地翻转。纠正方法：要以腰带动手的圆转。右手由手背向前转为掌心向上，再转为斜向俯掌，同时手向右前方伸出再转回，左手由掌心向下转为掌心向上，同时手掌由前向右再往回收。

②捋的过程中两手变形。纠正方法：通过对练的方式，体会两手的位置不应改变的原因。因为我捋的是对手的左臂，一手在肘关节略上方，一手在腕关节，这样就决定了我两手的位置。

③动作没做完整，掤未到位即做捋，捋未捋完即做挤。纠正方法：对手进攻时，我要捋到使对手的根基拔起，使之身体倾斜，过与不及均不好。

挤（以左挤为例）

①腰胯不松，动作不灵活。纠正方法：要"刻刻留心在腰间"，腰胯要松沉直竖，要微微转动。

②手动脚不动，脚已弓到手还在挤。纠正方法：手动脚动，手到脚到。

③抬肘。纠正方法：两肩要下沉，肘要低于腕，左手指斜向上，这样才能两肘自然下垂，否则两肩僵挺，就会失掉轻灵劲。轻灵也不是浮飘，轻灵和沉着相结合，要内涵沉着。

按（以右按为例）

①按出时上体前俯，抹回时上体后仰。纠正方法：要上下一条线，肩与胯要齐进齐退。

②两手抹回和按出时手移动的弧线过大。纠正方法：抹回时掌根应高于肘，顺其挤势平直后移，前按时高度应相当于对手的胸肋。

③抹回或前按时两手距离过大或过小。纠正方法：以我两手心按对方肘、腕部的距离为准（按出时两拇指相距约一拳），所以过大会使自己动作落空，劲点不集中。

（八）右揽雀尾

1. 重心后移，上体右转，左脚尖内扣，右手经头前划弧右摆，手心向外，两手平举于身体两侧；头及目光随右手移转。（图 57、58）

2. 左腿屈膝，重心左移，右脚收至左脚内侧，脚尖点地。左手屈抱于左胸前，右手屈抱于腹前，两手上下相对，在左肋前"抱球"；眼看左手。（图 59）

3. 同"左揽雀尾"3解，唯左右相反。（图60）

4. 同"左揽雀尾"4解，唯左右相反。（图61）

5. 同"左揽雀尾"5解，唯左右相反。（图62、63）

6.同"左揽雀尾"6解，唯左右相反。（图64、65）

7.同"左揽雀尾"7解，唯左右相反。（图66、67）

8. 同"左揽雀尾"8解，唯左右相反。（图68、69）

9. 同"左揽雀尾"9解，唯左右相反。（图70、71）

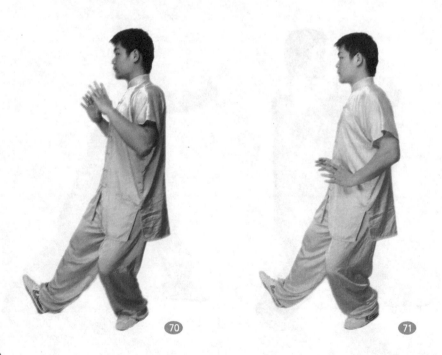

10. 同"左揽雀尾"10 解，唯左右相反。（图 72、73）

(1) 要点

同"左揽雀尾"。

(2) 教学口令

转体分手，抱手收脚，迈步分手，弓步掤臂，转体摆臂，转体后捋，转体搭手，弓步前挤，后坐收掌，弓步前按。

意气配合、易犯错误与纠正方法同"左揽雀尾"，唯左右相反。

第四组

（九）单 鞭（1）

一手捏勾后置，另一手拂面前旋推出，似催马扬鞭之形。又因两臂被比喻为皮鞭，内含鞭抽之劲而得名。

1. 转体摆臂：上体后坐，身体重心逐渐移至左腿上，右脚尖里扣；同时上体左转，两手（左高右低）向左划弧，直至左臂平举，伸于身体左侧，手心向左，右手经腹前运至左肋前，手心向后上方；眼看左手。（图 74、75）

74　　　　　75

2. 勾手收脚：身体重心再渐渐移至右腿
上，上体右转，左脚向右脚靠拢，脚尖点地；
同时右手向右上方划弧（手心由里转向外），
至右斜前方时变勾手，略高于肩；左手向下
经腹前向右上划弧停于右肩前，手心向里；
眼看左手。（图 76、77）

3. 转体迈步，弓步推掌：上体微向
左转，左脚向左前侧方迈出，右脚跟后
蹬成左弓步；在身体重心移向左腿的同
时，左掌随上体的继续左转慢慢翻转向
前推出，手心向前，手指与眼齐平，肘
微屈；眼看左手。（图 78、79）

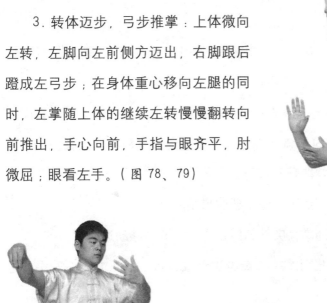

(1) 要点

上体保持正直，松腰。定势时，右肘稍下垂，左肘与左膝上下相对，两肩下沉。左手向外翻掌前推，要随转体边翻边推出，不要翻掌太快或最后突然翻掌。

(2) 教学口令

转体摆臂，勾手收脚，转体迈步，弓步推掌。

(3) 意气配合

此势动作完成1吸1呼1次转换。第1、2动作吸气，第3动作呼气。

(4) 易犯错误与纠正方法

①右脚里扣不足，造成左足迈步时困难。纠正方法：要由右脚拇趾领劲，以足尖指向，髋部松开，也就是说以足领膝，以膝领股，里扣充分，左脚迈步就能顺利进行。

②划弧时抬肘。纠正方法：要沉肩坠肘。

③左手推出时翻掌太突然。纠正方法：要边移动边翻掌。

④左手移动推出时，手掌离身过远或过近。纠正方法：左手离脸不超过30厘米。

⑤两手不是左右划弧，而是直来直去或两手上下波动过大。纠正方法：要平肩提起，左右划弧。

（十）云 手

　　两手在腰脊转动的带动下，上下左右地回旋盘绕如云，旋绕不断，结合两足并步、开步动作，静如行云、绵绵不断，故称云手。

　　1. 身体重心移至右腿上，身体渐向右转，左脚尖里扣：左手经腹前向右上划弧至右肩前，手心斜向后；眼看左手。（图80、81）

2. 上体慢慢左转，身体重心随之逐渐左移；左手由脸前向左划弧，手心转向左方；右手由右下经腹前向左上划弧至左肩前，手心斜向后；同时进右脚靠近左脚，成小开立步（两脚距离10～20厘米）；眼看右手。（图82、83、84）

3. 右手向右划弧，手心翻转向右；随之左腿向左横跨一步；上体再向右转，同时左手经腹前向右上划弧至右肩前，手心斜向后；眼看左手。（图85）

4. 同 2 解。（图 86、87）

5. 同 3 解。

（图 88）

(1) 要点

身体转动要以腰脊为轴，松腰、松胯，身体重心不可忽高忽低。两臂随腰的转动而运转，要自然圆活，速度要缓慢均匀。移动时，脚掌先着地再踏实，脚尖向前。眼的视线随云手而移动。

(2) 教学口令

转体扣脚，转体松勾，收步云手，开步云手，收步云手，开步云手，收步云手。

(3) 意气配合

此势动作完成 3 吸 3 呼 3 次转换。第 1 动作到第 6 动作吸气呼气依次交换。

(4) 易犯错误与纠正方法

①脚步侧向移动，两手划弧而腰不转动或腰转动过分。纠正方法：两手随腰胯转动身体，以向东南、向西南的斜角为好。

②两足内、外八字。纠正方法：云手中的两脚足尖都应正对前方，特别要注意左足向左侧出、前脚掌落地后，要使左脚跟渐渐向左侧撑出，边撑边落地至全掌踏实，这样足尖就会正对前方而达到两足平行的要求。

（十一）单 鞭（2）

一手捏勾后置，另一手拂面前旋推出，似催马扬鞭之形。又因两臂被比喻为皮鞭，内含鞭抽之劲而得名。

1. 右手随之向右运转，至右侧方时变成勾手；左手经腹前向右上划弧至右肩前，手心向内，眼看左手。（图89、90）

2. 上体微向左转，左脚向左前侧方迈出。（图91）

3. 脚跟后蹬成左弓步；在身体重心移向左腿的同时，上体继续左转，左掌慢慢翻转向前推出呈"单鞭"式。（图92）

(1) 要点

与前"单鞭"同。

(2) 教学口令

转体勾手，转体迈步，弓步推掌。

攻防含义、意气配合、易犯错误、纠正方法同前"单鞭"。

（十二）高探马

因动作造型像高高站立马上探路，又像探身跨马之势而形象取义得名。

1.右脚跟进半步即落，身体重心逐渐后移至右腿上。右勾手变掌，两手心翻转向上，两肘微屈。身体同时微向右转，左脚跟渐渐离地，眼看左前方。（图93、94）

2.重心后坐，上体微向左转，右掌经右耳旁向前推出，手心向前，手指与眼同高；左手收至左侧腰前，手心向上，同时左脚微向前移，脚尖点地成左虚步；眼看右手。（图95）

(1)要点

上体自然正直，双肩下沉，右肘微下垂。跟步移换重心时，身体保持平稳。

(2)教学口令

跟步松手，后坐翻手，虚步推掌。

(3)意气配合

此势动作完成1吸1呼1次转换。第1动作吸气，第2动作呼气。

(4)易犯错误、纠正方法

①动作停顿。在单鞭接高探马时右勾手已变掌，左掌心已向上，重心也后移，为了准备使劲提左腿，这时往往停顿一下。纠正方法：意识首先要绵绵不断地指挥动作，这样就能不停顿。

②右手前探时上体过分前俯。纠正方法：有前探但不前俯、凸臀。

③出右掌松软无力。纠正方法：杨式太极拳掌法特点是手指松舒。大拇指微屈与食指分开，其余四指似松非松，指节微弯，坐腕，劲要贯到五指。捆紧掌和五指成为僵劲，这也是不对的。

（十三）右蹬脚

因此动作作用于蹬击对方，故因方法而取名。

1. 右手手心向上，两手相互交叉，随即向两侧分开向下划弧，手心斜向下；同时左脚提起向左斜方进步，脚尖略外撇；身体重心前移，右腿自然蹬直，成左弓步；眼看右手。（图 96、97）

2. 两手继续向下划弧并向外翻转至腹前交叉，右手在外，手心均向后。接着两手同时上托于胸前；同时右脚向左脚靠拢，脚尖点地；眼看双手。（图 98）

3. 两臂左右划弧分开平举，肘微屈，手心均向外，同时右腿屈膝提起，右脚向右前方慢慢蹬出；眼看右手。（图99、100）

(1) 要点

支撑腿微屈，以保持身体重心稳定。两手分开后，腕部与肩齐平，右臂和右腿上下相对。蹬脚时，右脚尖回勾，力达脚跟。分手和蹬脚须协调一致。

(2) 教学口令

穿掌提脚，迈步翻手，分手弓腿，跟步合抱，提膝分手，分手蹬脚。

(3) 意气配合

此势动作完成1吸1呼1次转换。第1动作吸气，第2动作呼气。

(4) 易犯错误、纠正方法

①动作方向不正。纠正方法：支撑脚的脚尖方向要正确。

②蹬脚时腰部扭曲，形成上体歪斜、俯仰。纠正方法：拳论说"腰为主宰"，要做到肩与胯合，这样就不会腰部扭曲，上体也不会歪斜。

③单腿站不稳，两臂一高一低，支撑腿蹬直。纠正方法：支撑腿微屈，两臂平举。

（十四）双峰贯耳

一说，两拳像山峰挂动风声贯入耳；另一说，因被击后耳内如"蜂鸣"而得名双峰贯耳。

1. 右腿屈膝回收、膝盖提起，脚尖自然下垂；左手由后向上、再向前下落至体前；两手心均翻转向上。两手同时向下划弧分落于右膝盖两侧；眼看前方。（图101、102、103）

101   102   103

2. 右脚向右前方落步，身体重心渐渐前移成右弓步，面向右前方；同时两手下落，慢慢变拳，分别从两侧向上、再向前划弧至前方，两拳拳峰相对，距离略窄于肩，高与耳齐；眼看右拳。（图104、105）

(1) 要点

定势时，头颈正直，松腰松胯，两拳松握，沉肩垂肘，两臂均保持弧形。

(2) 教学口令

屈膝落手，迈步分手，弓步贯拳。

(3) 意气配合

此势动作完成1吸1呼1次转换。第1动作吸气，第2动作呼气。

(4) 易犯错误、纠正方法

①右腿落步时出现抢步，落地砸夯。纠正方法：支撑腿屈蹲，重心下降，然后再将右腿迈出，直到脚跟着地时身体重心仍在左腿。

②两手在体前突然向上翻掌，出现明显的断劲。纠正方法：边走弧线边旋臂翻掌。

③右腿迈步滞重。纠正方法：腰脊管两腿，就须在左右腰隙交替抽换来分虚实。虚实清，左腰似乎能盘根入地，这样右腿前迈就能轻灵。

（十五）转身左蹬脚

因此动作重在蹬击对方，故因方法而取名转身左蹬脚。

1. 左腿屈膝后坐，身体重心渐渐移至左腿，上体左转，右脚尖里扣；同时两拳变掌，由上向左右划弧分开平举，手心向前；眼看左手。（图106、107）

2. 身体重心再移至右腿，左脚收到右脚内侧，脚尖点地；同时两手由外经下向里划弧合抱于胸前，左手在外，手心均向后；眼看左方。（图108、109）

3. 两臂经上左右划弧分开平举，肘微屈，手心均向外；同时左腿屈膝提起，左脚向左前方慢慢蹬出；眼看左手。（图 110）

(1) 要点

与右蹬脚相同，只是左右方向相反。两个蹬脚的方向要对称，与中轴线前后保持约 30° 的斜向，即右蹬脚方向与右蹬脚成 180°。

(2) 教学口令

转体分手，收脚合抱，提膝分手，分手蹬脚。

意气配合、易犯错误、纠正方法同前"右蹬脚"，仅左右相反。

第六组

（十六）左下势独立

本势由高势到低势，好像蛇贴地而行，形象生动故有蛇行下势别称，又因独立似金鸡站立，故称"金鸡独立"。24 式太极拳合称之为"下势独立"。

1. 左腿收回平举；右掌变成勾手，左掌向上，向右划弧下落，立于右肩前，掌心斜向后；眼看右手。（图111、112）

⑪⑪   ⑪⑫

2．右腿慢慢屈膝下蹲，左腿由内向左侧（偏后）伸出成左仆步；同时左手下落并沿左腿内侧向前穿出；眼随左手。（图 113）

3．身体重心前移，左脚尖尽量向外撇，左腿前弓，右腿后蹬成左弓步，右脚尖里扣，上体微向左转并向前抬起；同时左臂继续向前伸出（立掌），掌心向右，右勾手下落，勾尖向上；眼看左手。（图 114）

4. 右腿慢慢屈膝提起呈左独立式；同时右勾手变掌，并由后下方顺右腿外侧向前弧形提起，屈臂立于右腿上方，肘与膝相对，手心向左；左手落于左胯旁，手心向下，指尖向前；眼看右手。（图 115、116）

(1) 要点

右腿全蹲时上体不可过于前倾。左腿伸直，左脚尖须向里扣，两脚脚掌全部着地。左脚尖与右脚跟踏在一条直线上。

(2) 教学口令

收腿勾手，屈蹲开步，仆步穿掌，弓腿起身，独立挑掌。

(3) 意气配合

此势动作完成 2 吸 2 呼 2 次转换。第 1 动作吸气，第 2 动作呼气；第 3 动作吸气，第 4 动作呼气。

(4) 易犯错误、纠正方法

①两足站在一条线上，人站立不稳。纠正方法：要注意两足间的正确距离。

②右勾手手臂过直或过屈。纠正方法：注意沉肘及太极拳是圆的运动。

③抬肩，造成右臂僵硬，左臂不圆活。纠正方法：肩部要松开才能舒展肩部肌肉和韧带，这样，手臂的伸缩缠绕才能随心所欲。

④蹲不下，蹲下立不起来。纠正方法：送胯向前，重心前移，左腿坐实，右腿慢慢前提就容易起立。

第七组

（十七）右下势独立

1. 右脚下落于左脚前，脚尖点地，然后左脚以前掌为轴脚跟向左转动；同时左手向后平举变成勾手，右掌随着转体向左侧划弧立于左肩前，掌心斜向后；眼看左手。（图117、118）

2．同〝左下势独立〞2解，唯左右相反。(图119)

3．同〝左下势独立〞3解，唯左右相反。(图120)

4．同〝左下势独立〞4解，唯左右相反。(图121)

(1)要点

右脚尖触地后必须稍微提起，然后再向下仆腿，其他均与〝左下势独立〞相同，唯左右相反。

(2)教学口令

落脚勾手，屈蹲开步，仆步穿掌，弓腿起身，独立挑掌。

意气配合、易犯错误及纠正方法同〝左下势独立〞，唯左右相反。

（十八）左右穿梭

此动作在传统太极拳中运行于四正四隅，旋转八面，往来不断，有如织锦穿梭，称为穿梭，传统杨式太极拳亦称"玉女穿梭"。

1. 身体微向左转，左脚向前落地，脚尖外撇，右脚跟离地，两腿屈膝；同时两手在左胸前成抱球状（左上右下）；然后右脚收到左脚内侧，脚尖点地；眼看前方。（图122、123）

122   123

2. 身体右转，右脚向右前方迈出，屈膝
成右弓步；同时右手由脸前向上翻掌停在右额
前，手心斜向上，左手先向后向下再经体前向
前推出，高度与鼻尖齐平，手心向前；眼看左
手。（图124、125）

3. 身体重心略向后移，右脚尖稍向外撇，
随即身体重心再移至右
腿，左脚跟进，停于右
脚内侧，脚尖点地；同
时两手在右胸前成抱球
状（右上左下）；眼看前
方。（图126、127、128）

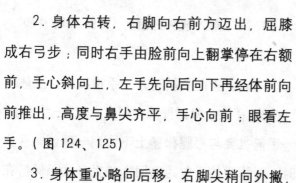

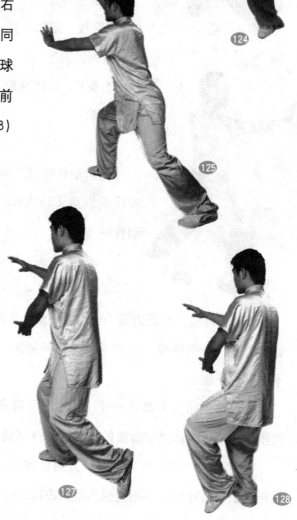

4. 同2解，唯左右相反。（图129、130）

(1) 要点

完成姿势面向斜前方，手推出后，上体不可前俯。手向上举时要防止引肩上耸。一手上举，一手前推要与弓腿松腰上下协调一致。做弓步时，两脚跟的横向距离同搂膝拗步式，保持在20～30厘米左右。

(2) 教学口令

左穿梭：落脚转体，抱手收脚，迈步错手，弓步推架。

右穿梭：转体撇脚，抱手收脚，迈步错手，弓步推架。

(3) 意气配合

此势动作完成2吸2呼2次转换。第1动作吸气，第2动作呼气，第3动作吸气，第4动作呼气。

(4) 易犯错误、纠正方法

①方向不正。纠正方法：要扣好脚再转腰、胯。

②动作停顿。纠正方法：一式接一式。连贯圆活，起、承、转、合，着着贯串，一气呵成，内劲渐足，精神团聚，下势之机势自生，所以不可以有停顿之处。

③动作别扭，尤其在一手上掤、一手前穿时。纠正方法：向斜角迈步后应该边转体边碾后面的脚，这样身顺脚也顺。

④穿出的一掌没有沉肘回抽。纠正方法：合后必须沉肘回抽，然后再穿出，而穿出的手不要横出远离左掤的肘部。

（十九）海底针

海底是指武术中击打的会阴穴，四指像钢针，插击会阴穴即为海底针，此势名易望文生义为"海底捞针"，或有人认为海底指"血海"，这些都不确切，所以，此势插掌应直指会阴穴。

右脚向前跟进半步，身体重心移至右腿，左脚稍向前移，脚尖点地变成左虚步；同时身体稍向右转，右手下落经体前向后、再向上提抽至肩上耳旁，再随身体左转，由右耳旁斜向前下方运行。掌心向左，指尖斜向下；与此同时左手向前，再向下划弧落于左胯旁，手心向下、指尖向前；眼看前下方。(图 131、132、133)

(131)

(1) 要点

右手前下插时，上体不可过于前倾，要松腰、胯，收腹，敛臀。

(2) 教学口令

跟步松手，后坐提手，虚步插掌。

(132)　(133)

（3）意气配合

此势动作完成1吸1呼1次转换。第1动作吸气，第2动作呼气。

（4）易犯错误、纠正方法

①右手提回时不屈臂。纠正方法：要求右手提回时，一面重心后移转腰向右，一面屈臂。

②左脚落下时，不是右腿下蹲送下，而是左脚独自落下。纠正方法：右腿下沉送左腿下落，同时右腿负担着全身重量做下蹲。

③低头弯腰。纠正方法：要使头顶、躯干至会阴形成一条直线。

④动作散乱。纠正方法：用腰部的转动来带动和协调全身动作。

（二十）闪通臂

拳中将自己的脊柱比作扇轴，将两臂看成是扇辐，在腰脊的作用下，两臂横侧分张，如折扇张开，称为扇通背，又称闪通臂。

1. 上体稍向右转，左脚向前迈出屈膝成左弓步；同时右手由体前上提，掌心翻转斜上。（图134、135）

2.拇指朝下，左手上提经胸前向前推出，高与鼻尖平，手心向前；眼看左手。（图136）

(1)要点

定势时上体不可过于前倾，推掌架臂均保持微屈。

(2)教学口令

提手收脚，迈步分手，弓步推掌。

(3)意气配合

此势动作完成1吸1呼1次转换。第1动作吸气，第2动作呼气。

(4)易犯错误、纠正方法

①左腿向前迈出，又快又重地落地。纠正方法：上体先抬起，保持身体正直，含胸拔背，身体重量完全落实在右腿，先使下盘稳固，然后再缓慢出左腿，这样就能做到轻灵。

②动作时只动手脚不转腰。纠正方法：动作时要以腰带动手脚的运动。

③左腿弓到，但两手还在移动。纠正方法：要手到、脚到、眼到。

④右手上提时抬肘，有的抬肘过肩，有的肘部远离身躯外凸。纠正方法：肘始终要微屈并有下垂劲，右手要低于右掌腕。

第八组

（二十一）转身搬拦捶

此拳名一说因太极拳由枪法演变而来，另说搬是搬移，拦是拦阻，搬拦捶是通过手的搬移对方拳，加以拦阻，进步用拳击对方之意，因动作方法而得名。

1. 上体后坐，身体重心移至右腿上，左脚尖里扣，身体向右后转。然后身体重心再移到左腿上；与此同时，右掌变拳随转体向右、再向下经腹前划弧至左肋旁，拳心向下；眼看前方。（图137、138、139）

2.上体右转，左掌在胸前下按至腹前，掌心向下，掌指向右，同时右拳经胸前向前翻转格挡出，拳心向上；与此同时，右脚回收经左脚内侧向前迈出，脚尖外撇；眼看右拳。

3.然后，身体重心移至右腿上，左脚向前迈出一步，左手经左侧向前上划弧拦出，掌心向右；同时右拳向右划弧收到右腰旁，拳心向上；眼看左手。

（图140、141）

4.左腿前弓成左弓步的同时，右拳向前打出，拳眼向上，高与胸平，左手附于右前臂里侧；眼看右拳。（图142）

(1) 要点

右拳不要握得太紧。右拳回收时，前臂要慢慢内旋划弧。然后再外旋停于右腰旁，拳心向上。向前打拳时，右肩随拳略向前引申，沉肩垂肘，右臂要微屈。弓步时，两脚横向距离同"揽雀尾"式，整个动作过程均要协调一致。

(2) 教学口令

转体扣脚，坐身握拳，垫步搬拳，转体收拳，上步拦掌，弓步打拳。

(3) 意气配合

此势动作完成2吸2呼2次转换。第1动作吸气，第2动作呼气，第3动作吸气，第4动作呼气。

(4) 易犯错误、纠正方法

①向右转身后动作停顿。纠正方法：要在转体扣足、左手上护右手暂驻左肋间，身体不停右转，两手环转同时右脚提起，做到绵绵不断。

②转身后右腿收、迈出的幅度过大。纠正方法：应该是脚略提起即向前迈步，这样，在右拳撤出与对手的手臂相交、用沉劲时，有了稳固的支撑。

③左手前击时不是手到脚到，一般是右腿已成弓步，左掌还在前伸。纠正方法：手掌前击正在着力时，要有牢固的左腿支撑；在左掌击到时，刚好弓步完成，手到脚到，这才符合技术要求。

（二十二）如封似闭

封闭字义为封锁、格闭，拳中右手后撤，左手横拦谓之封，双手前推谓之格，因该动作过程是两手交叉封对方的进攻如贴封条状，两臂外化后反击对方又像关门闭户一样，而得名。

1. 右拳变掌，两手逐渐翻转，手心向上，左手由右腕下向前伸出，然后左右分开并屈肘回收；同时身体后坐，重心移至右腿，左脚尖翘起；眼看前方。（图143、144）

2. 两手在胸前向内翻掌，向下经腹前再向上、向前推出。腕部与肩平，手心向前；同时左腿屈膝成左弓步；眼看前方。（图145、146）

(1) 要点

身体后坐时应避免身体后仰，臀部不可凸出。两臂随身体回收时，肩、肘部略向外格开，不要直着抽回，两手推出宽度不要超过两肩。

(2) 教学口令

穿掌翻手，后坐收掌，弓步按掌。

(3) 意气配合

此势动作完成1吸1呼1次转换。第1动作吸气，第2动作呼气。

(4) 易犯错误、纠正方法

①脚动手不动，或是手动脚不动。纠正方法：上面两手开始动作，下面重心就要移动。

②两手交叉时间过长，双手贴近胸部。纠正方法：两手离胸部要有一定距离，即使对手按来，我仍有回旋余地。

③前弓时左膝超过脚尖，这叫过劲。纠正方法：膝关节可略向前越出小腿的垂直线，但以不超过脚尖为限。

④左腿先弓到，两掌还在慢慢前按，未能做到手到脚到。纠正方法：要手到脚到，手按要有前弓后蹬的配合，所谓前去之中，必有后撑的意思。

（二十三）十字手

两手在胸前交叉环抱，形状如"十"字，故名。

1. 屈膝后坐，身体重心移向右腿，左脚尖里扣，上体右转；右手随着转体向右平摆划弧，与左手成两臂侧平举，掌心向前，肘部屈；同时右脚尖随着转体向外撇，成左横裆步；眼看右手。（图147、148、149、150）

2. 身体重心慢慢移至左腿，右脚尖里扣，随即向左收回，两脚距离与肩同宽，两腿逐渐蹬直成开立步；同时两手向下经腹前向上划弧，腕部交叉合抱于胸前，两臂撑圆，腕高于肩平，右手在外成十字手，手心均向后；眼看前方。（图151）

151

(1) 要点

两手分开合抱时上体不要前俯，站起后身体自然正直，头要微向上顶，下颌稍向后收。两臂环抱时须圆满舒适、沉肩垂肘。

(2) 教学口令

身转扣脚，弓腿分手，转体落手，收脚合抱。

(3) 意气配合

此势动作完成1吸1呼1次转换。第1动作吸气，第2动作呼气。

(4) 易犯错误、纠正方法

①手脚脱节，先是手动脚不动，动作断续。纠正方法：要手动脚动，上下相随。

②身体起伏，左右歪斜。纠正方法：脚落地仍要点起点落、轻起轻落，不可故意往下屈蹲，身法中正。

③十字手定势时两手离身体太近。纠正方法：两臂要撑圆，有掤劲。

（二十四）收　势

此势回到无极态，即由无极而太极循环一周，收势还原亦称合太极，表示太极拳练习结束，应使动作还原到起始位置，回归无极状态，含有动静合而归一的哲学思想。

两手向外翻掌，手心向下，两臂慢慢下落于身体两侧；眼看前方。
（图 152 ～ 155）

(1) 要点

两手左右分开下落时要注意全身放松，同时气也徐徐下沉（呼气略加长）。呼吸平稳后，把左脚收到右脚旁，再走动休息。

(2) 教学口令

翻掌分手，分手下落，并脚还原。

(3) 意气配合

此势动作采用自然呼吸法。

(4) 易犯错误、纠正方法

①抬头、低头、头斜、颈部肌肉紧张等。纠正方法：第一，颈部放松自然；第二，眼应平视；第三，下颌微向内收。

②两臂夹紧。纠正方法：腋下要松开，这样有利于腋下的动脉、静脉及正中、尺、桡等神经畅通，有利于整个上肢的血液供应和神经支配。

③下按时坐腕。纠正方法：按掌时手心朝下，按到终点时须展拳、舒指。

五、太极拳疗养百病，益寿延年

（一）中国传统运动养生保健之优越性

我国各种传统运动形式，包含导引、五禽戏及太极拳等，通过肢体运动、呼吸吐纳相结合的养生康复方法，目的是舒畅气血，伸展肢体，祛除病邪，强身健体，延年益寿。

中国传统运动对人体有着运行气血，协调脏腑，疏通经络，强健筋骨，宁神定志，激发潜能的作用，与现代运动保健方法相比，它有两大特色：

1．注重体验，不求争先。中国传统的运动方式，大多不是竞技型运动，没有争取第一、夺取冠军的目的。例如太极拳、易筋经之类的导引方法，注重的是自身的精神状态、形体动作与自然界融为一体，讲究的是身体内部功能的融和圆通。它不似现代体育那样激烈勇猛，争先恐后，而是表现为祥和安坦，从容不迫。这就从本质上决定了这样的运动方式和养生康复的学科目标是一致的。以"和为贵"为宗旨的太极拳，因此不易产生运动损伤，而且男女老少皆相宜。

2．三才兼修，融会贯通。中国传统运动具有浓烈的历史文化背景和深厚的古代哲学基础。如果不领会其中的深层内涵，其结果只能是只练皮毛，难得精髓。为此必须三才兼修，注意以下三方面。

首先，中医天人相应的理论要求修习传统体育者达到信息互通，状态同步，将天、地、人三位一体，以天地之精华充养人体。

其次，就养生康复的目的而言，是要达到身心状态的协调和完好，要养精、补气、调神，促使精、气、神，修习为最佳状态。

第三，就传统运动的方式而言，也不仅仅是形体的动作，而是要练形、练气、练意。即：运动肢体、自我按摩以练形；呼吸吐纳、调整鼻息以练气；宁静思想、排除杂念以练意。就其每一种具体的方法而言，又总是形、神、息并调，精、气、神并练。练拳者要达到下面三点：

(1) 练神：使人处于情绪稳定，精神状态饱满。

(2) 练形：通过运动肢体、自我按摩的练形活动，可以行气活血，疏通经络，滑利筋骨，消除疲劳，而肌肉、骨骼的放松，又有助于中枢神经系统，尤其是交感神经系统紧张性的下降，对外来有害刺激产生保护机体的作用。

(3) 练气：通过呼吸吐纳，调整气息，配合精神引导，形体运动，可使气血流通，潜藏内气。调整气息时，或采用自然呼吸，或采用逆呼吸，或采用胎息（**亦称丹田呼吸**），既能按摩内脏，促进血液循环，增进器官功能，又能兴奋呼吸中枢，从而进一步影响和调节植物神经系统，使机体进入心神宁静、真气内守的"内稳定"状态，也即生理学的"稳态"。这对增强体质，防治疾病是十分有益的。

应当强调，中国传统运动健身康复法的运用原则，必须遵循因人而异，因时制宜，循序渐进和持之以恒等原则。否则不仅不会收到预期的效果，还会带来比较严重的副作用。

（二）太极拳的保健、治疗与康复功能

1.太极拳锻炼是一种主动疗法

练太极拳的疗效是因人而异的。大量的实践表明，有的人练拳凭兴趣，开头很积极，遇到了困难，却难以坚持下来。一曝十寒，半途而废，最后无功而返。而有的人，充分发挥主观能动性，认真学习，反复实践，深入钻研，长期坚持，终于悟出真谛，取得了明显疗效，尝到了甜头。太极拳是一种主动疗法，只有积极主动，才能坚持锻炼；只有坚持到底，才能彻底治好疾病；只有练拳不停，才能益寿延年。

2.太极拳锻炼是一种整体疗法

太极拳锻炼着重于改善人体整体机能状态，以提高人体素质为目标。其作用机理主要是通过加强人体自我调节机能，提高免疫机能和防御疾病的能力。古人认为太极拳就是锻炼"精、气、神"。通过练功，可使精充气足神旺，正如《素问·刺法论》所说："正气存内，邪不可干。"练太极拳可使阴阳调和、气血流畅，因此能扶正祛邪。所以说太极拳疗法是一种整体疗法。

太极拳通过不断加强正气，不但促进病残机体的康复，更能使健康机体强壮长寿。经过一段时间的锻炼，普遍反映饮食和睡眠改善，心情愉快，精力充沛，病痛逐渐消失，充分说明太极拳疗法是从整体上发挥作用的，通过自我锻炼，调节和控制内脏机能活动，从而改善全身机能状态和新陈代谢过程，明显提高生活质量，达到康复目的。

近年来的临床实验证明：太极拳的医疗保健作用是多方面的。可以促进血液循环，降低心肌耗氧量，从而增强心脏功能；可以增加肺活量，增强肺通气的换气功能；可以改善神经系统，增强人体动作的协调性和平衡能力，特别是改善植物神经的功能，可以加强胃肠蠕动，使消化液和消化酶的分泌增加；还可以调节脑垂体乃至更高级的神经——内分泌中枢，促进营养物质代谢，增强人体免疫力，抵御疾病，延缓衰老。因此，打好太极拳，有益于整个机体。

3.太极拳是一种全科疗法

太极拳的医疗保健作用比较广泛。适用于临床内科、外科各大系统的疾病，尤其对中老年人的许多慢性疾病有显著的疗效和康复功能。特别是对心血管系统疾病、神经系统疾病、消化系统疾病、呼吸系统疾病、泌尿及各系统机能衰退性疾病均有保健、治疗与康复功能。就好比请了一位全科医生来保驾你的健康！因此，"练套太极拳保健康"是有科学依据的。坚持天天练太极拳，就可以大大减少患病去医院打针、吃药。既节约了医疗开支，又减少疾病的痛苦。

（三）太极拳的固定组合动作

简化24式太极拳的整个套路有其连贯性和完整性。因此使拳者每日必须按时认真完成整套24式太极拳套路。由于各人体质不同或患有不同的疾病，为了更有针对性，必须再强化某一式动作，或某一组合的动作若干遍，以加强太极拳的疗效。24式太极拳中每一式就像一味中药一样，我们就像中医用若干单味中药组合成为方剂一样，将太极拳编成若干个组合。

当然，人性化的组合要按每个人的病情、体质来定，你可请拳师来指导开出适合于你的运动处方。但为了适用于大众，现将简化24式太极拳分为各有其特定疗效的八个固定的套路，可供读者自行选择与组合，以加强疗效。并在运动实践中不断修正，以更适合于自己。

预备势：身体自然站立。

第一组固定组合套路——行气活络、宽胸养心

1. 起势：两腿马步半蹲，两掌下按。

2. 左右野马分鬃：连续上步，左右弓步分靠。

3. 白鹤亮翅：手脚跟步，左虚步分掌。

第二组固定组合套路——升降气机，平衡阴阳

4. 左右搂膝拗步：连续上步，左右搂膝弓步推掌。

5. 手挥琵琶：后脚跟步，虚步错手合抱。

6．左右倒卷肱：连续退步，左右虚步推掌。

第三组固定组合套路——行气活血，平衡脏腑

7．左揽雀尾：左弓步掤、捋、挤、按。

8．右揽雀尾：转身右弓步掤、捋、挤、按。

第四组固定组合套路——清理头目，舒解经络

9．单鞭：转身弓步，勾手推掌。

10．云手：连续侧行步立圆云手。

11．单鞭：转身勾手，弓步推掌。

第五组固定组合套路——强筋健骨，清利关节

12．高探马：后脚跟步，虚步推掌。

13．右蹬脚：左脚上步，穿手分抱，分手右蹬脚。

14．双峰贯耳：落脚上步，弓步双贯拳。

15．转身左蹬脚：转身分抱，分手左蹬脚。

第六组固定组合套路——调阴理阳，平补肝肾

16．左下势独立：左仆步穿掌，左独立挑掌。

第七组固定组合套路——安神定志，导引精气

17．右下势独立：落脚转体右仆步穿掌，右下势独立。

18．左右穿梭：左脚落地转身抱手，右脚上步弓步架推掌，左脚上步弓步推掌。

19．海底针：右脚跟步，虚步下插掌。

20．闪通臂：左弓步展臂推掌。

第八组固定组合套路——强壮腰腹，健脾壮元

21．转身搬拦捶：向后转身搬拳，上步拦掌，弓步打拳。

22．如封似闭：后坐引手，弓步前按。

23．十字手：转体收脚开立，两手交叉合拢。

24．收势：还原成预备姿势。

（四）太极拳的治疗养生功效

1.心系疾病

心居胸中，有心包护卫其外，是脏腑中最重要的器官。主要生理功能是主血脉，藏神志，以主宰全身，为人体生命活动的中心，为精神意识思维活动的中枢。中医脏腑学说与西医不同，中医认为心主血脉，又主神志，心系疾病则也包括神经系统的疾病。

心的病理变化和反应主要是血脉和神志上的异常。心悸、心痛、失眠（附健忘），主要与血脉异常、心神活动受到影响有关。心系疾病可相兼为患。如心悸常与失眠、健忘并见，心痛多见心悸之症等。

● 心悸

心悸是病人自觉心跳异常，心动不安的一种病症。现代医学的各种心脏病所引起的心律失常及植物性神经系统的功能紊乱等所致的心悸。

心悸的病因病机：本病的发生，常与体质虚弱、精神受刺激、过度劳累、外邪入侵等因素有关。其形成多由心气不足、心阳不振、心血亏损、淤血阻滞等所致。

心悸的辨证，就在注意辨别虚实，一般以虚证为主，实证较

五、太极拳疗养百病，益寿延年

157

少。虚证以益气、养血、滋阴、温阳为主；实证则用清火、化痰、行淤等法。

● 心痛（冠心病）

心痛是以心胸部发生痹塞疼痛为主证的一种疾病。心痛多呈间歇发作，疼痛常向颈、左臂或上腹部放射，或伴有心悸气短。由于疼痛程度，伴发症状，病情轻重和病程长短不同，故有胸痹、心痛、真心痛、久心痛等名称。

现代医学上的冠状动脉粥样硬化性心脏病（冠心病）属于本病范围。

心痛的病因病机：心痛的发生，主要由于气滞血淤或痰浊内阻，以致心脉痹塞，络道不利而引起。

此外，如因久坐、久卧，缺少体力活动，或素体肥胖，痰湿内盛，也能使气机不畅，气血流行受阻，而成本病。心痛常因劳累、受寒和情绪激动而诱发。

● 中风

中风是以口眼歪斜，语言蹇涩，半身不遂，甚至突然昏仆，不省人事为主症的一类疾病。因其多因内风而起，发病急骤，病情严重，犹如"暴风之疾速，矢石之中的"，故名中风。

中风是一个病情严重，病程较长，较难治疗，而又比较常见的疾病。

中风相当于现代医学的急性脑血管疾病，主要包括脑出血、脑血栓、脑栓塞等疾病。坚持太极拳练习，对中风的康复意义重大。

★ 以上疾病的太极拳疗养请用第一组固定组合套路——行气活络、宽胸养心。

昭光健康直通车

简化 24 式太极拳第一组：太极拳的起势，野马分鬃，白鹤亮翅。

在这三个动作的组合中，有一个很特殊的地方，那就是在这三个动作中，随着操练者的重心的逐渐下移，整个动作都以手的导引为主，手部的动作导引附带着对于胸部动作进行扩张，这一组动作的特点就是对于上肢和胸部的治疗作用，这样就引出了这一组治疗动作的功效：行气活络，宽胸养心。这样不仅有益于改善心肌供血、供氧，而且对大脑的血氧有明显升高，故有益于心系疾病的治疗。

通过从起势到左右野马分鬃对手部经络连贯性的操作，打开了手部的经脉。与此同时通过野马分鬃过程中转身和白鹤亮翅的动作，扩张了胸部的肺活量，对胸部的心肺脏器有主动的按摩和调理作用。

第一组固定组合套路的主要治疗范围是从手部的疾病，包括从手腕，到肘部、肩部，和心、胸的疾病，比如心绞痛、肺心病、肺结核的恢复期，有些老年支气管病到后期的肺不张，还有咳嗽多痰症状。它的重心是左、右上肢和胸部。

在这样一个组合太极拳动作中，我们应当注意在白鹤亮翅的两个动作连接时，转身动作时，膝部提高的位置应该跟手的位置相互呼应。当治疗疾病时手的位置提高了，足的位置，转身的膝、脚的位置也要相应提高。神经系统病还可加做第七组合。

2.脾胃疾病

脾主肌肉，其功能主运化、统血，为胃行其津液，输布水谷精微。胃为水谷之海，其功能主受纳、腐熟水谷。脾主升清，胃主降浊，二者互为表里，共为气血生化之源，故称为"后天之本"。

脾气以升清为健，胃气以降浊为和。如脾胃升降失调，则水谷津液的受纳、腐熟、转输、传导等功能必定发生紊乱。因之呕吐、呃逆、噎膈、胀满、便秘以及腹痛、泄泻等病变可由此而起。脾胃病的治疗，主要为助运化、调升降和扶正祛邪。

● 噎膈

噎膈是以吞咽梗阻，饮食不下，或下咽即吐为临床特征的一种疾病。噎膈一病与现代医学的食道癌极相近似。其主要病机是气结、痰阻、血淤、津亏；病变部位，主要在食道和胃上部贲门，但与肝、脾、肾等脏的功能失调有密切关系。

如病延日久，生化之源告竭，津液干涸，肠道失于濡养，如其继续发展，阴损及阳，则成气虚阳微之证；终至阳竭于上而水谷不入，则阴阳离决而亡。

● 胃脘痛

胃脘痛又称胃痛，是以胃脘部（**上腹部**）发生疼痛为主证的疾病。

现代医学的急性胃炎、慢性胃炎、胃及十二指肠溃疡、胃神经官能症等，均与本病有关。

胃脘痛的病因病机：脾胃同居中焦，互为表里。脾虚胃弱易被客邪侵犯，致气机郁滞，胃气不和而痛。胃痛的病位，以胃为主，但与肝脾有关，二者之中，肝与胃痛的关系尤为密切。常因暴饮暴食、肝气犯胃、脾胃虚弱所致。

● 泄泻

泄泻以排便次数增多，粪便稀薄或泻下清水为临床特征。现代医学中的急性肠炎、慢性肠炎、肠结核等引起的腹泻。

泄泻的病因病机：泄泻的致病原因，一般暴泻多为外邪所感，饮食不节所引起，久泻常由情志不遂，素体虚衰，病后失调等所致。病变部位，与脾胃、大小肠有关，尤与脾的关系更为密切。无论外有所感，内有所伤，皆可使脾阳受伤，以致积谷难化，水谷精微不能输布，清浊不分，合污而下，并走大肠而成泄泻。

● 便秘

大便秘结不通，或排便间隔时间延长，以及有便意而排出困难者，称为便秘。凡大肠传导功能失常，津液不足，都可发生便秘。便秘可见于多种疾病之中。

便秘的病因病机：饮食入胃，经脾胃的腐熟运化，吸收精华之后，剩下的糟粕，经大肠的传导变化为大便。糟粕转化为大便，粪便排泄，虽属大肠所主，但与脾、胃、肝、肾、肺相关。这些脏腑功能紊乱，能使肠道气机失调，发生传导失常，而致便秘。

★ 以上疾病的太极拳疗养请用第二组固定组合套路——升降气机，平衡阴阳。

简化太极拳组合式治疗方案的第二组动作，包括三个部分，第一左右搂膝拗步，第二手挥琵琶，第三左右倒卷肱。

这组动作和第一组有所不同，第一组是以手和胸的动作相互配合为重点的，而本组是以上肢和下肢配合作为重点的，其原因是它们的主治和功效不同。这组动作是随着左右搂膝拗步、手挥琵琶等大回环的动作进行气血调节的。手动作的幅度比较大，并随着左右倒卷肱退行性向回收，与此同时脚步也向后做回环的动作。通过和脚步的动作进行重心的调整，上、下配合，就完成了上肢与下肢气机的呼应，行云流水自然变成一个整体。

这样一个套路的养生机理特点是可以打通上下经脉，调节气机的升、降。本组合可用以治疗一些代谢的疾病，如水肿，大小便不通，甲亢或者是甲低等病症。如果要治疗便秘，起势动作应把意念集中在腹部的神阙穴（即肚脐）这个位置，如果治疗小便不通，把意念集中在脐下3寸的关元穴的这个位置。

如果是治疗代谢性的疾病，例如甲亢、甲低，还要注意呼吸的调整，左右搂膝拗步的长呼长吸，伴随的动作幅度要大一些，搂膝的位置可以尽量往下调整。也可以把左右倒卷肱幅度变得相对大一点，同时注意意念和呼吸的配合，通过气机的调整，就能达到平衡阴阳，促进人体新陈代谢的目的。

3.肺系疾病

肺居胸中，上连气道、喉头，开窍于鼻，外合皮毛。肺司呼吸，而主全身之气。肺朝百脉，有助心主调节血行的作用。肺为娇脏，又为精虚之脏，喜润恶燥，不耐寒热。

肺脏的常见疾病，如咳嗽、喘证、哮证、肺胀、肺痈、肺痨等。

● 哮证

哮证为痰气交阻，以喉间痰声辘辘为主要表现的一种疾病。哮和喘是有区别的。喘为气逆于肺，哮专主于痰；喘以气息言，哮以声响言；喘则呼吸急促，哮则喉间痰吼气鸣。

哮证主要包括现代医学的支气管哮喘和哮喘性支气管炎。

哮证的病因病机：哮证的起因，是多方面的，而其形成，总是内有停痰伏饮，阻滞气道，每因外邪、饮食、情志等触动而诱发。

● 喘证

喘证是以呼吸急促，张口抬肩，甚则摇身撷肚，不得平卧为特征的一种疾病，故又称喘促、喘急。

喘证主要包括现代医学哮喘性支气管炎、心脏性哮喘等多种疾病。

喘证的病因病机：喘证的形成，可分外感实证和内伤虚证两种因素，"实喘者有邪，邪气实也；虚喘者无邪，元气虚也"，虚喘中以气虚为主。

● 肺胀

肺胀是指久患咳嗽、哮、喘等证不愈，出现以胸中烦闷，膨膨胀满，心慌甚则面目晦暗，唇舌紫绀（缺氧所致），颜面四肢浮肿，脘腹胀满，病程缠绵，经久难愈为特征的一种疾病。

本病与现代医学的肺气肿、肺源性心脏病颇类似。

肺胀的病因病机：本病是由于长期咳喘气逆，反复发作，以致肺肾心脾功能失调，气血津液的运行敷布障碍而形成。

● 肺痨

肺痨是一种具有传染性的慢性虚弱疾病。临床上以咳嗽，形体消瘦，甚至咳血，胸痛，潮热，盗汗等症为其特征。祖国医学对本病很早便有认识。本病相当于现代医学的肺结核。

肺痨的病因病机：肺痨的致病因素，不外内外二端。内因为正气不足或精气耗损；外因系指痨虫（结核菌）入侵肺部而引起。但临床上往往内外二因互为因果，即正虚不足之人，最易感受成病。

本病主要为肺脏疾病，由于病邪的侵蚀，最易伤阴动热。阴虚肺热，是本病的基本病理变化。

● 肺痈

肺痈是肺部变生痈脓的一种疾病。临床上以发热，咳则胸痛，咳痰量多腥臭，甚则咳吐脓血为特征。现代医学中的肺脓疡、化脓性肺炎、肺坏疽等疾病，均与本病类似。

肺痈的病因病机：本病多由于风热邪气自口鼻侵入肺系，或寒束肌表，肺内郁热，使肺失清肃而起病。肺卫同病，失于表散，则肺热蕴结，炼津为痰，痰热壅滞，脉阻血淤，淤热化毒，使血肉败坏而变生痈脓。

★ 以上疾病的太极拳疗养请用第三组固定组合套路——行气活血，平衡脏腑。

太极拳养生第三组固定组合的动作：左揽雀尾和右揽雀尾。这是比较有趣的一个组合套路，两个动作都是揽雀尾，一个左侧，一个右侧。是整个简化24式太极拳唯一的一组比较典型的导引全身运动的动作，它对于全身的关节和脏器都有不同程度的协调和引导作用。在这套动作中，可以看到以下三个特点：

第一，这个组合动作很美，先向左侧做一个四方的来回的推手动作后，然后转到对侧做同样的动作，具有对称性。

第二，这个动作中的上肢和下肢以至全身都是围绕着身体的脊柱这个轴进行旋转，是协调全身的代表性动作。

第三，是手部既有推出去的动作，又有收回来的动作，这样完成了一个气息的回环。因此具有司管全身的运动，促进整体的气血循环，调节人体内脏的气机的作用。

在人体五脏之中，肝是一切脏腑的气机升降中一个最重要的脏器，肝是主疏泄的，它的上升是保证了包括脾、胃功能协调的前提，肺的下降也靠这一动作的导引作为前提。太极拳的掤、捋、挤、按，这四个方向对气的导引动作完成了整个气血的循环。所以这是一组非常全面的，同时也是适应范围比较广的养生导引的动作。

本组动作的主治范围涉及多个方面：

第一，对全身的气血功能进行调整，适合体质较弱者或手术后、大病后刚刚出院的病人，这些病人都有程度不同的气血虚弱，特别是一些久病卧床的病人，出现四肢痿软，手足无力，这组动作能够起到很好的补气血作用。

第二，它对人体的气机有一个调节的作用。特别适合于肝胆的病症。人的七情六欲特别容易引发疾病，这其中以肝最为明显。练习本组的动作，对于气机的疏导能产生很好的作用。对于妇女的月经也有调节作用。

第三，本组合对中老年疾病作用更明显。例如老年人出现的肺不张，慢性支气管炎，肺心病，常常出现气短，本组动作能够使气息延长，对增大肺活量，加大膈肌上下活动程度，促进呼吸，加大肺的气体交换，都有很好的调节作用。

第四，对于全身的各脏器有很好的协调作用，主要治疗眩晕，耳鸣，及小脑的共济失调症，通过此套路组合能够使精细动作的偏差日渐缩小。

4.经络疾病

经络是人身交通表里，贯串上下，联络脏腑的途径。经络之气的正常运行，对人体水谷精微的运化，气血津液的流通和输布，均起着重要的调节作用，从而营养全身，濡润筋骨，通利关节，以维持人体正常的生理功能。

若肌肤失于护固，或卫外的阳气不足，外邪乘虚而入，由肌腠干及经络，影响气血的畅通。即可出现气滞、血淤之经络病变。内脏失于协调平衡，妨碍津液、气血的滋生，亦可波及经络，常因气郁、湿滞、血淤或气虚、血弱影响经络而为病。经络之病，外邪侵袭是发病的条件，内脏气血失其宣导，气滞血淤和精血亏虚，是形成病变的主要根源。

● 高血压（属中医"眩晕"、"头痛"范围）

高血压是指由于动脉血管硬化而导致的以动脉血压持续性增高为主要症状的一种全身性疾病，又称之为原发性高血压。

世界卫生组织（WHO）制定的高血压的诊断标准是收缩压等于或大于 140mmHg 或舒张压等于或大于 90mmHg。

理论和实践研究均证明，长期、有规律的有氧运动特别是太极拳，可以降低高血压患者安静时的血压，其可能的机制是：

1．太极拳产生的刺激作用于大脑皮层及皮层下脑干的血管运动中枢，调整了其功能状态。

2．太极拳使交感缩血管神经的兴奋性降低，迷走神经的兴奋性升高，使血管产生舒张。

3．太极拳使肌肉中的毛细血管扩张，降低了血管的外周阻力，尤其是对舒张压的降低具有较大的意义。

4．太极拳可改善情绪，与饮食控制相配合可以有效地降低血液中胆固醇和低密度脂蛋白的含量，这些都有利于减少高血压发病的危险因素。

太极拳可促进动脉硬化逆转，改善左心的射血功能，减少支架术后再狭窄的发生。同时对于调节和改善心脏病患者情绪抑郁，提高其自信和应激能力所起到的作用均是药物不能达到的。在高血压治疗中也起着非常重要的作用。

● 失眠（不寐）

失眠是以经常不得入睡为特征的一种疾病。其临床表现不一，有难以入睡，有睡而易醒，有时睡时醒，甚至彻夜不能入眠等。顽固者，往往伴有头晕、头痛、健忘等证。现代医学的神经衰弱表现的失眠、健忘。

失眠的病因病机：发生失眠的病因很多，如思虑劳倦，致心脾亏虚，或心胆虚怯；阴虚火旺，致心肾不交，或肝阳偏亢；胃中不和等，均可导致心神不宁而失眠。它的形成，是由气血阴虚，脏腑功能失调，致阳不交于阴或邪气扰乱所致。

● 健忘

健忘是以记忆力明显减退为主的一种疾病，常兼见于心悸、失眠、眩晕等病症中。

健忘的病因病机：本证多因神思过劳，伤及心脾；或梦遗滑精，肾精亏虚所致。亦有因素体虚弱或大病之后，气血虚衰、不足而发病的。本病以虚证为多，与心脾肾三经关系密切。

● 绿风内障（青光眼）

绿风内障是一种严重性的眼病，特征是眼球变硬，瞳神散大，瞳色淡绿，视力严重减退，如果治疗不当或失治，每可导致失明，本病多发生在40岁以上的人，女患者居多，发病有急、慢性之分，应尽早治疗。此症相当于现代医学的充血性青光眼。

绿风内障的病因病机：五志过极，肝胆火邪亢盛，热极生风，上攻眼目。情志过伤，肝失疏泄，气机郁滞而化火，火邪上逆。肝气不舒或劳倦内伤，脾失健运，或肝郁化火而生风，肝风患于目。劳神过度，阴虚火旺，风阳上扰于目窍。

★ 以上疾病的太极拳疗养请用第四组固定组合套路——清理头目，舒解经络。

第四组是由两个单鞭动作和一个左云手而组成的，前面的单鞭是个引入式，后面的单鞭是一个收式，中间的左云手是真正的灵魂动作。它的主要的活动范围是上肢和胸背两个部位。

第一个单鞭引导手上的动作以后，中间可连续做几个云手，然后再进行。第二个单鞭，前面的单鞭是通过对手臂牵拉起到了放松上臂和颈部肌肉的粘连和对经络的舒解的作用。与此同时，连续的几个云手动作，其根本的意义就在于调节被上肢和胸背束缚的颈部的活动，云手动作的用意在于调节颈部和头部的功能。治疗的范围主要是头颈部的病灶，包括眩晕，高血压，颈椎增生，包括神经性头痛，失眠，记忆减退等，一些由头部、脑部引起的病变，都可以通过这组动作进行治疗。

建议：第一，单鞭动作的强度一定要大，它起一个舒解肌肉和经络舒解的作用，所以拉的强度要大一些。第二，治疗头部疾病时，可接连做三个云手动作。三个云手要一次比一次高，目的就是要牵拉颈部的肌肉，对头部起疏导的作用。第三，三个云手之后，恢复到原来单鞭的高度，表面上是在运动手臂，实质是在治疗头颈疾病。

5.骨关节病

骨关节病及骨外伤是常见病，多发病。尤其是中老年更为常见。

骨伤病机是指人体遭受损伤时，局部皮肉、筋骨的损害而导致气血、脏腑、经络的功能紊乱，或由于气血、脏腑、经络的功能紊乱，或由于气血、脏腑、经络的功能失调而引起骨关节疾患。

骨关节病变：如本身有病理改变，如骨髓炎、化脓性关节炎、骨结核、骨肿瘤等，则在轻微暴力作用下亦易发生病理性骨折或脱位。

内分泌代谢障碍：可使骨折愈合缓慢。甲状腺机能亢进或长期服用肾上腺皮质激素，还可导致骨质疏松。

肝血不荣可引起筋萎；脾失健运可致肉痿；肺肾阴虚易致骨痿。经络运行阻滞，影响循行所过组织器官的功能，出现相应部位的症状，可出现肢体麻木不仁，活动功能丧失。

气血外可充养四肢百骸，内可灌溉五脏六腑，筋骨是肝肾的外合，并有赖于气血的温煦，温煦濡养全身，维持生命活动。"气伤痛，形伤肿"，气血两者相辅相成，密不可分。所以在骨伤疾患中，每多气血两伤，肿痛并见。

● 骨质疏松症

骨质疏松症是一种以骨量减少、骨组织微观结构被破坏，导致以骨脆性增高和骨折危险性增加为特征的系统性、全身性骨骼疾病。骨的脆性增加，强度下降，降低了对原有载荷的承受能力，在不大的外力作用下也极容易发生骨折。

造成骨质疏松的原因主要有：

①内分泌功能紊乱：性激素、前列腺素、活性维生素 D 等代谢失调。

②废用所致：长期卧床，外伤后制动的病人，因不能从事肌

肉锻炼，极易发生骨质疏松。

③人体内钙代谢平衡失调，就容易引起骨质疏松。

④继发骨质疏松：如大量饮酒及吸烟者，长期应用皮质激素药物（强的松等）者；卵巢功能早衰等也容易引起骨质疏松。

● 颈椎病

颈椎病系指颈椎间盘脱变及其继发性改变，刺激或压迫了邻近组织所引起的症候群，又称颈椎综合征。发病一般在40岁以上，随年龄增长而增加，男多于女。

颈椎因其活动频繁、方向多、范围大，故易发生损伤。

本病多因中年以上肝肾之气渐衰，筋骨懈惰，加上长期低头位工作，致使颈部筋骨产生积累性劳损，气血滞涩，经脉痹阻，内外因综合作用而引起。变性的颈椎间盘可向四周隆突，使椎间隙狭窄、椎间孔上下径变小、关节突重叠、错缝等，导致相邻椎骨之间的稳定性降低。椎间孔变形、狭窄，以致直接刺激、压迫或通过影响血运使颈部脊神经根，引起相应的临床表现。

● 肩周炎

肩关节周围炎又称"漏肩风"、"五十肩"、"冻结肩"、"肩凝症"等。是以肩部疼痛和运动受限为特征的病症，病程一般在一年之内，长者可达数年。

肩关节是人体活动范围最大的关节，肱骨头大，关节盂小，关节囊松弛，韧带薄弱，不利于关节的稳定，加上活动频繁，故损伤机会多；另一方面，由于关节周围肌腱本身的血液供应较差，随年龄增长常可发生退行性改变。

肩周炎的病因病机：本病多因年老体弱，肝肾不足，气血渐亏，以致筋脉失养，关节失濡；加之风寒湿邪乘虚侵袭，致使寒凝筋膜，经络阻滞，气血运行不畅，不通则痛。

现代医学认为，本病的主要病理系慢性退行性变化而引起关节囊和关节周围组织的慢性炎症反应。

● 肱骨外上髁炎（网球肘）

肱骨外上髁炎又称网球肘、肱桡关节滑囊炎、肱骨外踝骨膜炎等。是肘外侧局限性疼痛，并影响前臂旋转和伸腕功能的慢性、劳损性疾病，临床常见。

肱骨外上髁炎的病因病机：祖国医学认为本病多因肘腕部过度劳作，导致局部筋膜劳损，血不劳筋所致。现代医学认为：由于前臂伸肌联合腱在肱骨外上髁附着处受到反复牵拉和刺激，可引起部分纤维撕裂，局部轻微出血产生粘连及骨膜炎，而导致本病发生。

★ 以上疾病的太极拳疗养请用第五组固定组合套路——强筋健骨，清利关节。

第五组动作是由四个部分组成的，高探马、左蹬腿、双峰贯耳，转身右蹬腿。

这是一组以脚部动作带动全身动作来进行保健的组合。从高探马、左蹬腿到转身右蹬腿，这组动作中，脚的动作始终是处于一个比较夸张的位置，这正符合养生保健原则的以下治上、以下治下的原理。

在人体的足部有着很丰富的经脉，足三阴经、足三阳经都通过人体的脚部，人体的十四经脉中，这一组四条经脉对人体足运动起着协调作用，当每次足向外侧踢出的时候，与脚往内收的时候经脉就先后受到了二次振动。

在这组运动中，通过脚部的外展、外踢和旋转可以治疗足部的痿证。什么叫痿证呢？就是由于肌肉萎缩或缺钙引起的下肢无力的现象，一些病人出院，由于营养不足或者是体力不支也会引起脚部痿软。另外这组组合还能治疗膝关节以下的关节炎。

如何根据自己的病情来治疗疾病呢？第一，利用第五组合运动"以下治下"治疗脚部的动作，先在前面加一个太极拳的起势，在起势时要注意放松，从胸部放松，头部放松到腹部放松，逐渐把意念放松到膝部、膝盖的部位，将人体运动的劲和它的意念都集中在膝关节这个位置，以膝关节作为一个支撑点来进行操作，以下治下治疗关节病和脚病。第二，就是在脚动作的衔接过程中，要注意每个动作的转身，特别是有虚步动作的时候，要注意提气，当前进的时候要注意呼气，通过后退和前进时呼吸的调节，特别是在蹬腿的时候利用爆发性的呼出力来起到治病的作用。

在本组动作中，像右蹬腿和转身左蹬腿动作的次数，可以根据自己的情况来掌握，转身左蹬腿可以做到 3 ～ 5 次，高探马之后的右蹬腿的动作也可以做 3 ～ 5 次。

第五组动作还可以"以下治上"来治疗头部病症，例如高血压、青光眼、眩晕。要注意将操作的中心转移到双峰贯耳，在右蹬脚时，要注意把意念引导上行，而且双峰贯耳两手的动作可以尽量往高处导引，应该引到超过人的肩、耳，到达头部的水平位置，根据病情的需要多重复几次，左侧、右侧要轮换重复做。

6.肝胆疾病

肝位于右胁，胆附于肝，肝胆有经脉络属而互为表里。肝脉起于足大趾，上行环阴器，过少腹，挟胃，属肝络胆，贯膈布胁肋，循喉咙，连目系，上巅顶。肝主筋，能维持全身筋膜关节的正常运动。

肝胆疾病，是指肝胆及其经脉的疾病。若肝气郁结或气滞血淤，血不养肝等，常使两肋肝脉阻滞，而致肋痛；或肝郁日久，气滞血淤，血淤水停，以致气血水淤结于内，每形成臌胀。

与肝胆关系较为密切的疾病，如肝痈、臌胀、眩晕、中风等病。

● 肝痈

肝痈是温毒或湿热毒邪日久不解，侵入营血，损伤肝脏，使气血壅滞，进而血肉败坏，化腐成脓的一种疾病。

肝痈相当于现代医学的肝脓疡，多由于细菌或阿米巴原虫感染所致。

肝痈的病因病机：感受温毒病邪，病势蔓延，伤及营血，邪毒随气血运动于肝脏，使肝脏脉络淤阻，淤阻日久，邪毒与气血互结，最后使肝脏腐败成脓。

● 臌胀

臌胀是以腹胀大如鼓、皮色苍黄，腹皮脉络暴露为特征的疾病。臌胀主要指现代医学的肝硬化腹水。

臌胀的病因病机：臌胀的起因，多由于饮食不节，情志所伤，以及黄疸、积聚等病后期，气滞、血淤、水积而引起。其病变由于肝、脾、肾三脏受伤，导致气、血、水结于腹内，形成腹部胀大，发为臌胀。

● 眩晕

眩晕是以头晕眼花，甚者天旋地转，如坐舟车，不能站立，或伴有恶心、呕吐等为主证的一种病症。

现代医学的高血压病、动脉硬化、内耳眩晕症，以及贫血、神经衰弱等疾患，均与本证有关。

眩晕的病因病机：眩晕发生的原因，多由风、炎、痰、虚所致。其病变多在肝、脾、肾等脏。

★ 以上疾病的太极拳疗养请用第六组固定组合套路——调阴理阳，平补肝肾。

第六组动作是左下势独立和右下势独立的组合。这个动作仅仅由一个下势独立左右双方向组合，在这个动作中，一侧的上肢和下肢都处于悬空的状态，身体其实是处于失衡的状态，通过这个动态，使人体的气血处于流动中，导引促气血流动。

在这组动作中，每次在双侧悬空做金鸡独立之前都有一个下势将身体导引上行的动作，实质上形成了一个导引下部气血上行的态势，而金鸡独立实际上是延伸动作，把刚刚导引上行的气体再继续往上导引，所以本组动作有一定的深意。

第六组动作是一组以下治上的典型的传统治疗组合，目的就是达到人体的左右阴阳上下的平衡，这里头有几对矛盾，左侧和右侧的矛盾，上和下的矛盾，还有一个是起和降的矛盾。本组的套路是利用阴阳、左右、上下的矛盾来治疗病症的，更符合传统养生阴阳平衡的道理。它的治疗范围比较广，凡是由于阴阳平衡失调的病症都能治疗。

人体病症有阴证、阳证的不同，如果你能判断出阴阳失衡，就应该用第六组动作治疗，比如阴虚，阴虚的表现就是比较消瘦，脸色干枯，咽干、潮热、腰酸、舌质红而有裂痕，脉象快，又急促，可以看做是阴虚。什么叫阳虚证呢？例如冬天还没来到就怕冷了，别人穿一件衣服，他要穿好几件衣服；不能喝冷的东西，必须喝热的东西；晚上上厕所，人家去一次，他要去好多次；身体比较肥胖、脸色虚白、畏寒怕冷，有这样的症状当然属于阳虚。以上阴虚和阳虚的病症，都可以用第六组动作来治疗。眩晕病人还可加做第四组合。

7. 内分泌和代谢疾病

● 消渴（糖尿病）

消渴是以多饮、多食、多尿而消瘦，或小便混浊、有甜味为特征的一种疾病，与仅有渴而消水之消渴证有区别。现代医学的糖尿病，属于本病范围。

糖尿病是一组由于遗传和环境因素相互作用而引起的临床综合征。患者因胰岛素分泌绝对或相对不足，以及靶器官组织对胰岛素敏感性下降引起糖、蛋白质、脂肪、水及电解质等一系列代谢紊乱，临床上以高血糖及糖尿为主要标志。

在运动过程中，能量代谢系统发生了较大变化。糖为肌肉运动的主要能源物质之一。经常练太极拳运动可增强肌细胞的胰岛素受体功能，改善组织与胰岛素的结合能力，以便能在胰岛素浓度较低时保持较正常的血糖代谢，即增强胰岛素的作用，对非胰岛素依赖型糖尿病（即Ⅱ型糖尿病）的治疗有重要意义。其次，太极拳可改善脂质代谢和调节体重。太极拳不仅有助于预防和消除肥胖，还可提高脂蛋白脂肪酶的活性，降低低密度脂蛋白胆固醇，增加高密度脂蛋白胆固醇。第三，太极拳运动可增加肌肉毛细血管密度，扩大肌细胞与胰岛素及血糖的接触面，改善血糖利用。太极拳还可增加有氧代谢酶活性，改善糖的分解利用过程。第四，太极拳可以提高糖尿病患者自身的体质，增强抵抗力，减少感染机会。

糖尿病患者在进行太极拳运动时的注意事项：

（1）应将体育康复同控制饮食和药物治疗结合起来合理安排。

（2）避免空腹及在注射药物 60 ~ 90 分钟后运动，以免引起低血糖反应。

（3）糖尿病人进行体育康复要在医务人员指导下进行，不宜鼓励盲目运动。

（4）运动量要适当。过度劳累会引起酮症，使病情加重。

（5）糖尿病应强调循序渐进，从小运动量开始并逐步增加，同时密切注意观察血糖、尿糖及症状的改变。

★ 以上疾病的太极拳疗养请用第七组固定组合套路——安神定志，导引精气。

第七组动作是由三个部分组成的，第一个动作是左右穿梭，第二个动作是海底针，第三个动作是闪通臂。

这组动作可分成三个阶段，第一个阶段是左右穿梭，肢体的经气在左右两侧导引平穿，对人体左右经气进行协调和连贯。第二个是海底针。海底针是由底部向上导引经气上行，闪通臂则是由上往下的导引动作，在这个动作中，前半部分注重左右的协调，后半部分注重上下的调整，是组合比较周到的保健招式。

这样一组动作有什么意义呢？它先是通过左侧的导引然后进入到右侧，然后通过海底针的下行，通过闪通臂的上行。经历了从左到右，从下到上进行调节。这类动作对人体神经系统有一个很好的平衡作用，是治疗神经、内分泌系统疾病的关键的动作，可以用于治疗神经官能症，健忘、失眠，忧郁症，出现这些症状大多是因为神经系统过度压抑，失去平衡所引起的，就会出现神经和内分泌的疾病，例如糖尿病就是由于胰岛素分泌失常所导致的。平衡一旦被打破，人体的神经和内分泌就会出现异常。

针对出现的这种平衡被打破的状态，我们可以采取第七组动作治疗。要记住第七组动作的两个原则，一要前平，是指左右穿梭这两个动作要在一个水平线上，一定要做得很平，同时要采取均呼均吸，这就是所谓的前平。第二个原则就是后起。后起就是海底针和闪通臂这两个动作必须要做出起伏来，因为治疗的最后的着眼点应该是在这两个动作上。怎么样把握这个后起呢？海底针是由上向下导引气势的一个动作，如果是神经－内分泌系统出现比较亢进的病症，如甲亢或狂躁，那么海底针一定要做得比较夸张，向下动作要夸张。第二是闪通臂是由下向上的导引的动作，凡是出现神经－内分泌功能处于一个低水平的下降的，比如说甲状腺功能过低，出现低血压，出现抑郁症等病症时，闪通臂这个由下向上的动作一定要大而有力。所谓辨证虚实，就体现在海底针和闪通臂这两个动作的高低开合之上。

根据病人的虚损或者是亢进的程度，对海底针或者是闪通臂可以多做两到三次，然后接收势的动作。

除了动作的向下或者向上有起伏之外，呼吸一定要做相应的调整，例如海底针的由上引下是一个降的动作，这时是长呼短吸。闪通臂是一个由下向上的动作，这时候要长吸短呼。这完全体现了太极拳中呼吸的辨证原则。

8.肾系疾病

肾居下焦，左右各一。足少阴肾经属肾络膀胱，故肾与膀胱相表里。在生理功能方面，肾藏先后天的精气，即元阴元阳，是人体生长、发育和生殖的来源，为脏腑功能、生命活动的根本；肾主骨、生髓，有充脑、荣发、开通耳窍、坚固骨齿的作用；肾司开阖而主水，调节体液和阴阳的平衡。在生理状况下，肾气充实，功能健旺，则耳聪目明，毛发密茂，骨坚齿固，二便能调，心肾相交，精关自守，纳气自如，气化水行。

肾病多虚证。阴虚之证，多见形体羸瘦，颧红唇赤，虚烦少寐，五心潮热，盗汗，头昏，耳鸣，腰酸腿软，脉细弱或细数无力。

● 淋证

小便频数短涩，欲出不尽，滴沥刺痛，或痛引腰腹者，称淋证。

淋证与现代医学中因淋病双球菌感染的淋病不同。淋证主要包括现代医学所谓泌尿系感染（**如尿道炎、膀胱炎、肾盂肾炎**），以及尿路结石、慢性前列腺炎等疾病。

淋证的病因病机：本病的发生是"热在下焦"。若系外邪所感，蕴湿成热，或素有湿热，内外合邪，湿热流注下焦，结于膀胱。

● 癃闭

癃闭是指排尿困难，甚至小便闭塞不通的一种病症。癃闭包括现代医学中各种原因引起的尿潴留和无尿症。如神经性尿闭、因尿路结石而尿闭及老年性前列腺肥大所引起的尿闭症等。

癃闭的病因病机：本病的发生，常与外邪所感，病久体虚，情志所伤，淤血阻滞等有关。其形成机理总不离三焦、肾和膀胱的气化失常，运行水液的功能障碍。

● 遗精

遗精是指不因性生活而精液遗泄的病症而言。其有梦而遗精的，名为梦遗；无梦而遗精，甚至精液自出的，名为滑精。成年男子，半月左右遗精一次，不出现明显症状者，属生理现象；若三五天遗精一次，或更频繁，甚或白昼精液自滑，并有头晕、精神欠佳、腰酸腿软等症状者，则必须及时治疗。

遗精的病因病机：本病的发生，多与心神妄动，劳神过度，房事不节，体质衰弱，湿热下注等因素有关。其形成总不外肾不藏精，阴精失守，精液外泄。

● 阳痿

阳痿是指男性青壮年阳事不举的一种病症，本病以男性阴茎不能勃起为临床特点，多系现代医学所谓性机能衰退的一类疾病。但年老之人，性机能减退，属生理现象，不能视为阳痿。

阳痿的病因病机：多与房劳不节，大惊卒恐，精神抑郁，思虑过度，或素体虚弱，久病体虚等因素有关。

● 月经不调

月经不调是指月经的期、量、色、质的任何一个方面发生异常者。临床上常见的有月经先期，月经后期，月经先后无定期，月经量多，月经量少等。月经不调是常见的妇科疾病。

月经不调的病因病机：体质素弱；素体血虚；或大病久病伤血，营血亏虚；素体肾气不足，或年少肾气未充；忧思抑郁，气不宣达；或愤怒伤肝，气血失调，致月经先后无定期，量或多或少。

★ 以上疾病的太极拳疗养请用第八组固定组合套路——强壮腰腹，健脾壮元。

第八组动作是四个部分组成的，它的第一个部分是转身搬拦捶，接着是如封似闭，接下来是一个十字手，然后做收势的动作。

在这组短短的四个动作中做了三次的转身动作，三次彼此呼应的转身，正是这个动作的特点所在。第八组动作与人体的腰腹部活动密切相关，它所主治的范围也正是腰腹部的器官所常常容易产生的病症，如在腰腹部的重要器官肾脏，主泌尿，常出现肾炎、肾结石、肾盂肾炎等病症；又如胆囊炎、胆结石、黄疸等病症；还有肝炎、肝癌等等。转身搬拦捶起了一个最主要的腰腹部引导作用，而如封似闭是对转身搬拦捶气血的一个连续的导引，在十字手的衔接中，对于前面的导引动作作了总结，最后转到收势，完成了治疗的全过程。

在这个动作中我们要注意：第一点就是意念的位置。应把意念集中到脐下 3 寸的关元穴，因为关元穴的功效是主治大腹。第二点在转身搬拦捶的转身的过程中，要注意以腰骶为轴的旋转，在治疗肝胆疾病过程中可把转身搬拦捶的动作，多做二到三遍，注意在做这个动作时要把脊柱当做轴，绕轴进行均匀的转动，左边转一次，右边转一次，这样左一次、右一次算做一个来回，可以根据病情的需要重复做三到八个来回。对于实证做奇数，如 3、5、7 次。对于虚弱的病症，比如月经过多，可以做复数，就是 2、4、6 次。转身搬拦捶这个动作也可反复地做。

在做的过程中要注意意念的导向，要以脊柱作为轴，在旋转的动作中要有一种气感，感到气从上向下围绕着关元穴进行旋转。在随后的如封似闭的动作中，要注意到来回气的牵拉，如封似闭起势中第一个动作有一个推和拉回的招式，而后在如封似闭接十字手时又有一个推和拉的招式，这两个招式要好好利用，虚弱者推要做得小一点，拉要做得大一点，这是补法。特别是转过手来的如封似闭动作也是推要做得小一点，拉要做得大一点。如果是实证，则相反，推要做得大一点，拉要做得小一点。这是以人体的任督脉和脊柱作为轴进行补虚和泻实的过程，最后收势的过程中要注意将经气回收到脐下 3 寸关元穴的位置，并随着手势的下行而呼气，呼气是为了帮助气息整个回复到关元穴内，这是第八组治疗的关键。

五、太极拳疗养百病，益寿延年